無貌之神

無貌の神

恒川光太郎

王華懋　譯

目錄

無貌之神／005
青天狗之亂／047
和死神旅行的女孩／085
十二月的惡魔／141
集合住宅廢墟的風人／175
凱姆爾與拉娓麗／217

無貌之神

這個地方，宛如被世界遺棄。

幾幢茅草屋並排著。

這是深邃森林裡的小聚落，居住著一群陰森森的人。

我不知道自己是何時來到這座聚落的，就連之前身在何處，也不太清楚。

只是，以前我生活的地方，是有許多遠比這裡巨大的建築物林立的城市。記憶中，那城市熊熊燃燒著。我經常做惡夢，夢見自己哭喊著逃命。我一定是失去了一切，在徬徨流離之際，不知不覺間來到此處吧。

茅草屋頂下，沒有榻榻米也沒有草蓆，就在泥土地上隨便鋪塊木板。

烈日逼人時，就縮在陰影處捱過。

大雨傾盆時，則縮在屋簷下看雨。

不用工作，也沒有義務。

這裡的居民沒有任何目標，一身襤褸，像動物般渾渾噩噩地過日子。

我喝河裡的水，抓河裡的魚，摘山裡的菜。荒廢的田裡有薯芋，可以隨意挖來吃。

秋意漸深時，便曬魚乾、採集根莖類、菇類、樹木果實及柴薪，準備過冬。

入冬以後，四下被積雪封閉。

我只能不停地睡，直到春天來臨。

我是這聚落罕見的小孩，其餘全是大人。

我和一名陰沉的女子住在同一屋簷下。女子名叫杏奈，不知道幾歲，不過是個大人。

杏奈教導我如何在這裡生存。可以吃的野菜、根莖類、泉水的地點，都是杏奈告訴我的。寒冬的夜晚，杏奈會坐在火堆前，緊緊抱住我。

我喜歡杏奈。

很難得地，杏奈的唇角偶爾會浮現笑意。看到她微笑，我也會感到開心。

除了杏奈以外，我很少跟別人說話。

不光是我這樣而已，我極少看見住在這裡的人互相交談，或是一起遊玩。每個人都對別人漠不關心。同時每個人也都有氣無力，不會發生衝突。

道路前方有一座古寺，坐鎮著沒有臉的神。

所謂的「沒有臉」，就是指臉部一片平滑，沒有眼耳鼻口。

沒有臉的神綻放著光輝。

祂身上的光衣，散發出萬千光彩。我沒有摸過，所以不知道那身衣物究竟有沒有實體。

沒有臉的神，是這個被遺棄的世界的中心。

我感覺萬物圍繞著祂而存在。

沒有臉的神擁有治癒傷口的力量。

如果受傷、生病，只要來到無臉神的近旁，傷口就會癒合，從病中康復。

好幾次我受傷的時候，都會待在無臉神那裡。

沐浴在無臉神散發的光輝下，全身便會一陣暖洋洋，同時陷入無比幸福的狀態，也不是睏倦，而是像在大寒天裡，喝著熱牛奶，窩在火盆前打盹的感覺。

然後，不知不覺間，傷口就癒合了。

我也看過熊或山豬前往古寺。

牠們一定也是去治療傷病的。

杏奈不喜歡我去無臉神那裡。

有一次，我在無臉神旁邊睡著了，被杏奈狠狠地拖走，用力搖晃身體，拍打臉頰。

儘管覺得自己做了不應該的事，但當時我不太明白到底哪裡做錯了。

這裡所有的房屋都沒有加設籬笆或圍牆，直接面對道路。

因此躺在家裡，就能看到外面。

某天，我在屋簷下看著路上，一名男子蹣跚走過屋前。

他是這聚落的居民。不過就和其他人一樣，我和他幾乎沒有交流，彼此都十分陌生。他一邊走，一邊滴血。

好像是遭到動物攻擊了。是遇到熊還是山豬嗎？仔細一看，他渾身是傷，額頭裂了一道傷口，手臂和腳都血淋淋的，也許是在某處失足滑落了。

男子朝道路前方的古寺走去。

我走出屋簷下，尾隨在後。

我想看看他那身嚴重的傷勢治癒的過程。

一如往常，無臉神就在古寺裡，綻放著光輝。

遍體鱗傷的男子坐到散發出絢麗光彩的神明身邊，蜷成了一團。

我並未受傷，卻興起去到無臉神身邊，享受一下幸福感受的念頭。

但我想起了之前杏奈生氣的反應，沒有踏進古寺。

流血的男子雙眼半閉，一動也不動。

結果，無臉神發光的身體忽然伸長。

神的臉部膨脹起來。

平坦光滑的臉部冒出一個大洞，倏地覆蓋躺著的男子，將他的頭吸了進去。

我愣在原地。

男子的頭被吞進無臉神的嘴裡，只看得見他脖子以下的軀體。他的腳無力地踢蹬著。

大蛇。

大蛇把人從頭一口吞掉了。

如今回想，就是這樣的場面。

男子的身軀一節又一節地被吸進發光的神體內。

最後被吞得一乾二淨。

無臉神變胖了。祂吞下了一整個人，變胖也是理所當然。

我的心跳加速，呼吸困難。

無臉神坐在古寺裡，凝然不動，就像消化中的蛇。

——無臉神會吃人。

這是我親眼目睹的事實。

一旦得知，感覺這就是天經地義的事。

生物殺害生物而活。君臨我們人類的生物會吃掉我們，這又有什麼好奇怪的？

為何當時杏奈會那樣氣急敗壞地打我的臉，我也明白了。杏奈是擔心我被吃掉。

此後，我對無臉神的觀感變了。

無臉神不僅僅是溫暖而已。那是危險的溫暖。

半夜醒來，發現無臉神正俯視著我，想逃也逃不掉，然後我一點一點地被吃掉——我做了這樣的惡夢。

但我依然覺得，無臉神就是世界的中心。

某一天。

杏奈帶我進入森林。她熟知這裡的路。

走下長長的坡道，森林變成寬闊的原野，前方有一座深谷。

斷崖絕壁，深不見底。往下窺探，谷底不知是瀰漫著白霧還是雲朵。

「這是千尋之谷，據說通到地獄，沒有人下去過。」

山谷間有一座紅橋，連接著對岸。對岸極爲遙遠。

杏奈指著紅橋說：

「你過橋吧。」

「那邊有什麼？」

「這裡原本不是你該來的地方。紅橋另一邊，是所有的人夢想中的土地。那是夢想的另一端。應當是你來到這裡之前，所待的地方。這裡——是被遺忘的禁忌之地。另一邊的世界，絕對比這裡好上千萬倍。你離開這塊土地吧。」

「妳要跟我一起去嗎？」

「我不去。我去不了。」

「那我也不要去。」

我望向紅橋。這座橋有些奇妙，長得難以置信，卻又沒有任何支柱，就像吊橋一樣，只有兩端吊掛在山崖邊。看上去有些飄渺，橋上的漆也沒有任何斑駁。

「別管那麼多，過去就是了。」

我搖頭，蹲了下來。我不想走。

這裡是個好地方。有遮風避雨的家，也還算吃得飽，只要敢冒著死亡的風險，受傷和生病也能藉神力治癒。要我離開這裡去別的地方生活，等於要我去死。說起來，杏奈憑什麼命令我？

「我希望你去另一邊。你原本待的地方很糟糕，但現在或許不同了。你還記得那裡嗎？」

我閉上眼睛。熊熊燃燒的街道。地獄。哭喊的人們。飢餓。我不是逃到這裡來的嗎？

「你不記得這座橋了嗎？」

「不知道。」

我應該是通過這座橋來到這裡的。

「你不記得了呢。總之，你該回去了。是該回去的時候了。」

「我不要。」

「現在那裡一定變好了。」

杏奈耐性十足地勸著我。

「如果我是你，早就回去了。如果我是你，就會想回去。」

「那妳一個人去啊。」

「我去不了。」杏奈靜靜地說。「你遲早會明白，一旦變成那樣，就……」

我搖頭蹲下，默默拔草。

抬眼一瞥，只見杏奈的眼神中浮現放棄，或類似深深絕望的情感。這一幕我記得一清二楚。

杏奈把我留在那裡，搖搖晃晃地回去了。

我回到家，和杏奈一如既往的生活又開始了。

不曉得先前藏在哪裡，杏奈取出了一把刀。是小太刀(註)。

杏奈開始在森林裡練刀。

我看著她練刀，她說很危險，叫我離遠一點，但允許我看。

雖然我完全是外行，卻也看得出她揮刀的動作極為老練。

刀子咻咻揮砍半空。

顯然她以前鍛鍊過。

註：形如太刀（日本彎刀），但長度較短的刀，作為太刀的輔助之用。

那天是個晴朗的秋日。

杏奈磨利刀子，把一只簍筐交給我，要我去森林外面採集叢生的野莓。

我點點頭出門，但沒有去野莓生長的地方，而是躲在樹後，盯著屋子前面的路。

不出所料，杏奈出來了。

杏奈用布包著刀子，抱在懷裡。

我跟了上去。

杏奈的目的地是古寺。

一如往常，無臉神綻放燦光，鎮坐在寺裡。

杏奈假裝受了傷，虛弱地一拐一拐靠近，驀地把布拿掉，亮出裸露的刀身，隨即當頭砍下。

無臉神發出尖叫。那不是人類的尖叫聲。

我瞠目結舌，劇烈地喘氣。

那是一場惡戰。

杏奈和無臉神勢鈞力敵，輪番發動攻擊，最後杏奈砍下了神的頭。

一團駭人的光炸裂開來。

無臉神的光衣迸射出無數火花，然後消失了。

只剩下一團幽幽泛光、像年糕般光滑肥厚的物體。

看著看著，我的喉嚨咕嘟作響。

我從樹木後方走出來，躡手躡腳地靠近古寺。

無臉神的屍體令人垂涎欲滴。

腦袋深處彷彿麻痺了。好想吃。好想吃那東西。我瞄了杏奈一眼。

是杏奈打倒的，杏奈有權利處置屍體。

杏奈拿著刀子坐在地上，閉著眼睛氣喘如牛。

我走近一步，杏奈睜眼說「不行」。「你怎麼會在這裡？拜託你，走開。算我求你了。」

我停下腳步。

我等著杏奈睜開眼睛，這時一隻猴子不曉得從哪裡冒出來，吃起無臉神的屍體。

接著，約莫是察覺無臉神已死，聚落的男女紛紛出現，趕走猴子，就像看到肥肉的狗一樣，圍著屍體，撕下屍肉，狼吞虎嚥地吃了起來。

杏奈沒有加入，不帶情感地冷眼看著這一幕。

——不快點吃，就要被吃光了。

我下定決心，走向屍體。

「你不能吃，會回不去的。」

杏奈啞聲再次說道。

大家都在吃，為什麼我不能吃？論順序，從頭到尾目睹一切的我應該要先吃的。

我沒理會杏奈的制止，擠進眾人之間，撕下一塊發光的年糕——無臉神的屍體，離開原地。

咬了一口。

瞬間，淚水溢出眼眶。

慈愛。

這就是那東西的滋味。

那東西滑過喉嚨的瞬間，一股愉悅流竄全身，五臟六腑一下子溫熱起來。柔軟、豐腴。若要找尋類似的口感，大概就介於奶油與年糕之間。沒有半點腥臭，清涼卻又餘味無窮，想要一口接著一口。胸臆之間，「生命」、「希望」這些詞彙不斷盤旋著。

原來我就是爲了吃這東西而來到世上的！我恍然大悟。
那天晚上，我和杏奈一起回家了。
杏奈拿油紙包好刀子，藏在稻草束底下。
「再見。」杏奈抱緊了我，靜靜地說：「我太沒用了。」

隔天早上醒來，只見杏奈綻放著光芒。
杏奈的臉上，眼鼻逐漸變得模糊。
我明白了。
殺死無臉神的人，會變成下一個無臉神。
杏奈住進了古寺。
杏奈已不是我認識的那個女人。她成了新的無臉神。

好一段時日，新的無臉神都沒有吃人。
就像過去那樣，祂治癒受傷的人和動物。
然而季節更迭之際，祂吃了第一個人，此後便開始週期性地吃人。

某天，來了一個年輕女孩。

女孩穿著嶄新的衣服，頭髮烏黑亮麗，流露魅惑的眼神。

我迷路了，請讓我在你家休息一下。她如此懇求，我同意了。

我問女孩從哪裡來，她說是經由紅橋過來的。

當天晚上，我們一起坐在火爐邊。杏奈離開以後，這是第一次有別人在這屋子過夜。杏奈一直鎮坐在古寺裡。

女孩名叫鈴音。

鈴音問了我許多問題。這是什麼地方？有繳稅嗎？警局和郵局在哪裡？你是從什麼時候就在這裡的？再過去有什麼？

我竭盡所能地回答她。我不知道這裡的地名。這裡不用繳稅，也沒有警局和郵局。我從小就住在這裡。再過去沒有路，我不知道再過去有什麼。

鈴音爲我帶來煥然一新的感覺。清新的風吹入了被怠惰與無力感散漫支配的日子。我也問了鈴音許多問題。

紅橋另一端現在是什麼情況？妳之前待的地方，是怎樣的地方？

鈴音告訴我的事，比我問的還要多。我想她應該喜歡聊天。

鈴音是從一個叫東京的地方來的。她做的是幫別人倒酒的工作。那裡有許多建築物，有數不清的人，有叫車子的東西在路上跑，有許多的娛樂。她說她喜歡唱歌，有時會在眾人面前唱歌。

「紅橋另一邊啊……小時候有這樣一首童謠呢。『不可以過橋～不可以過橋～紅橋的另一邊～』我就是經由紅橋過來的。啊，對你來說，『另一邊』是指這邊……咦？」

「街道沒有陷入火海嗎？」

「沒有啊，你怎麼會這麼問？」

我說出記憶中的景象。不過，無從確定那是否爲眞實的記憶。

「東京應該曾陷入火海，我不太清楚。那是好久好久以前的事了。」

「妳是怎麼過來這裡的？」

鈴音說男友會打她，她在逃離男友的時候迷了路，結果跑到了這裡。她實在無法相信世上居然會有這樣的地方。

「謝謝你收留我一晚，我要回去了。」

隔天早上，鈴音帶著歉意說道。

我極爲失落。雖然只共度了一晚，但也許我愛上了鈴音。

「妳知道怎麼回去嗎？」

「大概吧。可以請你帶我去紅橋那裡嗎？」

我點點頭。

我們慢慢地走過去。

「回去以後，得跟他做個了斷。」鈴音說。

「妳怎麼會跟他在一起？」跟那種會打人的人。

「我也說不上來，因爲我太笨了。不過，現在我清醒了。回去以後，我一定要去報警。那種壞蛋，不跟他分手，我的人生就毀了。」

我的臉頰火燙無比。鈴音所說的一切，就像是發生在甜美異世界的浪漫故事。我從來沒有跟別人聊過男女朋友的話題。跟一個美麗的女孩談論這種事，我感到十分害羞、不知所措，以及幸福。

來到山谷前，我頓時愣住。

無底的千尋之谷上方沒有紅橋。

只看得到遠方被氤氳霧氣遮掩的斷崖。

「謝謝你，哪天來東京玩喔。」

鈴音天眞無邪地行了個禮，我還來不及制止，她便朝空蕩蕩的斷崖跨了出去。

她飄浮在半空中。

就這樣朝空無一物的空間前進了幾步。

「等一下！」

我叫住她。

從谷底吹上來的風撫過全身。

怎麼會？

「你要跟我一起來嗎？」

鈴音回頭說。她看起來美若天仙。

「我還是覺得你們滿奇怪的。我覺得你們應該去一下公所之類的機關求助。很明顯地，你們住在環境頗糟的地方、過著奇怪的生活，對吧？沒事的，我帶你過去。」

我張大眼睛，仔細一看。

鈴音的身體果然飄浮在半空中，底下是萬丈深淵。

我想要跟鈴音一起走。和鈴音交談後，我覺得被束縛在這種地方十分可恥。

如果那邊的世界已不是火海的話。如果已復興的話。

然而，我說不出口。

在鈴音的眼中，紅橋是存在的，可惜在我眼中，紅橋已不復存在。

「再見。」我咬牙擠出這句話。

「嗯，我也不能逼你嘛。」

鈴音點了點頭。

「不過，你隨時都可以來喔。」

鈴音以爲我隨時都可以去。

我咬住下唇。

好羨慕。

鈴音每前進一步，她的身體就變得益發透明。

很快地，她消失不見了。

留下來的，只有狂風大作、深不見底的千尋之谷。

好一段時間，我失魂落魄。

我想起杏奈曾叫我走吊橋回去，但我說不要，說這裡比較好，要留在這裡。爲何我看不見吊橋了？

因爲我吃了無臉神的屍體。

吃下神的屍體那一瞬間，我就被囚禁在這裡了。

我本來可以自由離去的。

我從稻草底下取出刀子，在森林裡練習揮刀。

過去的杏奈，是如何看待我的？

她不是我的母親，也不是我的姊姊。

當初，我一個人來到此地，她收留了我。

鈴音待一晚就離開了，但我害怕回去，留了下來。杏奈安慰我、照顧我，勸我回去，我卻不聽——她心裡一定難受極了。

雖然沒有血緣關係，不過我覺得自己和杏奈在心靈上某部分是相連的。

杏奈還是人類的最後一晚，當著我的面，拿油紙包好刀子，藏在稻草束底下，是爲了告訴我，那天到來時，就用這把刀打倒她。

那是我和杏奈的密約。

我帶著刀前往古寺。

無臉神披掛著擁有無限色彩的光衣坐鎮在內。

我嚥下口水，出聲打招呼：

「午安。」

沒有回應。
怎麼辦？我想要怎麼做？
「午安。」
我又說了一次。沒有回應。
「我來了，杏奈。」
沒有回應。
「我該怎麼做才好？」
沒有回應。我必須自己動腦思考。
如果只是行屍走肉般繼續過著無聊的日子，這樣的人生我不需要，我想前進。
然而，打倒杏奈算是前進嗎？或者說，那是我想要進入的「下一個階段」嗎？我不太清楚。
我察覺自己心中的迷茫。
「一決勝負吧！」
我舉刀指著杏奈。
「跟我決鬥！」
無臉神驀地站起。

多麼燦爛的光輝啊！靠近一看，更覺得耀眼逼人。絢爛，光芒萬丈。

這是杏奈嗎？還是竊占了杏奈身體的別的什麼？

我大喊一聲，氣勢十足地揮刀砍下。

然而，刀子揮了個空。

因爲無臉神倏地退開了。

緊接著，無臉神「咚」一聲逼近，一腳踹飛了我。

我飛了出去，在空中轉了幾圈，腦袋撞在柱子上。

我跳起來，「哇」地大喊，驚慌失措地胡亂揮刀。

眼前空無一物。

後腦杓一陣衝擊，我的意識登時遠離。

我倒在古寺外的地上。睜眼一看，我的鼻頭貼在泥土地面。一隻小蟲正要鑽進我的鼻孔，我連忙打個噴嚏。

我滿懷苦澀，站了起來。

看來保住了一命。

四下張望，刀子不見了。

我回到家，好一陣子抑鬱不已。是修行不夠吧。

無臉神不會把位置讓給沒有實力的人。

雖然我失敗了，卻沒有被吃掉，還活在世上，感覺是因爲無臉神曾是與我同住的女子，才寬大地手下留情。

但對我而言，這份憐憫令人痛苦。

不久後，冬季來臨。

森林裡有個禿頭男子在揮刀。

他拿著決戰那天我丟失的刀子。約莫是趁我倒地的時候，拿走了掉落在一旁的刀子。

男子年紀比我大，個子比我高，肌肉比我更爲發達結實。他察覺我的視線，惡聲惡氣地說：

「怎樣？這本來就不是你的刀。輪到我了，你打輸了就排到最後，滾邊去。」

我點點頭。

我輸了，這是當然的。就算刀還在我手裡，我也不想立即再次挑戰。

想到杏奈可能會被我以外的人殺掉，感覺就像自己的故事被搶走一樣，難以忍受，但我沒有足夠的力量，從比自己更強大的人手中搶回武器。

並排的房屋中，有一戶住著一名老媼。

老媼會蒐集稻草編織繩索。這並非義務性的工作，應該是爲了打發大量無所事事的時間而做。有時她會用繩索編織籃子或網子，想要的人，就拿樹木果實或野菜來交換。

我懇求老媼，拜她爲師。

如果老媼死了，我就可以取代老媼，編織繩索爲生。

起初老媼嫌我礙事，但我天天送來野菜、野莓、樹木果實，她便讓我自行學習她的技術。

「輸了是嗎?」老媼編著網子問。

「對。」我也在一旁編著網子回答。

「那不是小孩子該做的事。那是長大了，覺得活夠了，才會去挑戰的事。不過你打輸了，命居然還在。」

「現在的無臉神，以前跟我住在一起。」

也許是可憐我，才饒了我一命。

「這麼說來，是有這件事。我知道。那時候我也吃了肉。我不是很清楚，她是你娘嗎？」

「不是。」

雖然不是，但在我心裡，杏奈就是我的母親，也是姊姊。

「她居然成了神。我在這裡待了五十年，見證過好幾次換代了。年輕的時候想過要挑戰，但如今已過了那種年紀，唯一的期待，就是把那肉帶回來，一點一點地享受。噯，如果吃那肉的代價是獻出我的身體，哪天就去給祂吃了吧，想著想著便拖到了這把歲數。神會願意吃我嗎？」

老嫗想要被吃掉。

「不知道。妳不怕被吃掉嗎？」

「以前怕，現在不怕了。三十多年前，我生過孩子，是跟這裡的人生的男孩。丈夫和兒子老早就被吃掉了，不在了，只剩下我一個人。」

我的胸口一陣難受，實在太絕望了。

「你知道什麼是『永恆』嗎？」

「不知道。」

「我們是神，神就是我們。我們被神吃掉，而神最後變成神聖的食物，讓我們吃掉。終而復始，循環不息，這就是『永恆』。被神吃掉，等於成爲神的一部分，是多麼令人喜悅的事啊。」

來了三個新人。

聚落的原住民冷眼看待新人，不加干涉。

聚落之所以沒有滅絕，是因爲定期會有新人進來，在這裡定居。但新人大半不是死掉，就是離去，住下來的人絕對不算多。

一度離開的人，肯定不會再次復返，從未有人回來過。

三人當中有一人腳受了傷，可能是有人給了建議，所以他們相信來到這裡就能治好，把傷者送來古寺。然而他們運氣不好，傷者似乎被吃掉了，剩下的兩人吵鬧了好一陣子。

沒多久，其中一人說要求救、要去報警，便離開了。

聚落的人都知道他不會再回來，卻保持沉默。

最後一人留在這裡。

那是個戴眼鏡的少年，是三人當中最年輕的一個。年紀與我相仿，大概十五歲左右。

戴眼鏡的少年似乎找到一幢房子，住了下來。

他應該是滿心期待去求救的男子回來，然而不出所料，他的同伴再也沒出現。

眼鏡少年在路上向我攀談過一次，但我沒有理他。

初春時節，禿頭男打倒了無臉神。

那似乎是一場硬仗，禿頭男鼻子流血，手腳破皮。

就和那時候一樣。

每個人都知道舊神死了，紛紛聚集到古寺。

眾人聚在發光年糕般的屍體旁，大飽口福。

我也加入搶食。

旁邊是編繩索的老媼。

吃年糕的人群裡，也有那名戴眼鏡的少年。

新人，這下你再也無法逃離這裡了——我暗想著，卻不想告誡他。

一想到發光年糕是過去一起生活的杏奈的肉，一切都讓我覺得難以承受。這是全世界最美味的珍饈，卻也是最讓人感到悲哀的食物。但老媼說，屍體是讓人通往

「永恆」的神聖食物。即使如此，我還是覺得自己是卑賤無比的生物。

吃著吃著，淚水奪眶而出，一旁的老嫗說：

「她進入你的生命當中，再也不會離開了。」

然後，打倒杏奈的禿頭男開始發光，成爲新的無臉神。

他不曉得把刀拿去哪裡了。

約莫和杏奈一樣，把刀託付給他屬意的下任挑戰者了吧。

不知道下一名挑戰者何時會現身。應該還很久。而且也不是說，下下一個就輪到我吧。

如果想成爲神，我必須在漫長的歲月裡，靜待有朝一日輪到自己——儘管或許永遠不會有那一天。

然而我早已失去成爲神的興趣。

夏天到了。

我決定自我了斷。

我強烈地想死。

時間並未撫慰我，只有虛無不斷在心底擴散。

我站在千尋之谷前方。

只要從這裡跳下去，一切就結束了。我就能解脫了。

深谷傳來宛如地獄魔物吼叫般的聲響。

那是風聲嗎？我不禁覺得底下真的有個地獄般的場所。

我提不起勇氣，沒能跳下去。

在這裡，最正確的自殺，就是讓無臉神吃掉。聚落裡大部分的居民都選擇這麼做，不知爲何，我絕對不想這麼做。成爲曾經同住的杏奈的供品也就罷了，但現在的無臉神原本是那個禿頭大叔，實在令人不爽，而且爲了被吃，天天去磨蹭對方，總教人感到屈辱。

老嫗的思想也有些教人難以接受。

隔天我又來到千尋之谷，背後忽然有人出聲叫我。

回頭一看，眼鏡少年站在那裡。

「你想死嗎？」

我答不出來。我不想死，但我好想死。我好想死，但我不想死。

「你不會懂。」

「不不不，我也搞懂這個世界的法則了。我知道橋怎麼會不見了。這根本是令人絕望的世界吧？早知道會這樣，我就不吃那個年糕了。就是因爲吃了那玩意，橋才會不見吧？」

我點點頭。

「可以聊一下嗎？你也不是現在非死不可吧？」

我默默注視著眼鏡少年。聊一下？有什麼好聊的？

「我要離開這裡。」眼鏡少年說。

我冷哼一聲。

眼鏡少年不在意，接著說：

「你幾歲？跟我差不多吧？我和這裡的幾個人交談過，他們都不行。沒出息，全是廢人。我早就看中你了，覺得跟你還有話說。我叫蒲生，你叫什麼名字？」

我不禁歪頭。我有多少年沒對別人說過自己的名字了？連自己有名字這件事都快忘了。

「我叫楠。」

「噢，楠。」蒲生複述我的名字。「楠，你上過國中嗎？」

「沒有。」

「我想也是。我讀國三。」

一段沉默。所以呢？

蒲生不在意，逕自說下去：

「來到這裡之前，我的體重有八十四公斤，現在應該變得超輕的吧。好想快點回去，泡個熱呼呼的澡，還要去吃拉麵。」

「回不去了。吃了那種肉，就回不去了。」

「爲什麼？」

我頓時沉默。爲什麼？呃，因爲橋不見了啊。

我們聊了很久。

我主張「吃過發光年糕的人，就會被這個世界的法則囚禁，再也無法回到原本的世界」。

蒲生主張「發光年糕和其他特殊的法則，是無臉神打造出來的，所以只要無臉神消失，這些法則也會消失」。

蒲生認爲，只要無臉神消失，橋就會再次出現。

「假設眞的是這樣好了，要怎麼消滅無臉神？」打倒無臉神的人，會變成下一個無臉神啊。

「把祂從這裡丟下去就行了吧？」

蒲生指著千尋之谷說。

「什麼？」

我啞然失聲，本來要說「太扯了」，卻又把話吞了下去。

——把無臉神活活地丟下千尋之谷，放逐到遠方。

確實，這麼做就簡單了。

這點子任誰都想得到。爲何至今我都沒有想到呢？

不知道。

蒲生沒有吭聲，像在玩味我的沉默，接著忿忿地說：

「不是做不到，而是不做吧。」

什麼？

「住在這裡的，全是些沒出息的廢人。起初我以爲有什麼做不到的理由，所以問了每一個看起來在這裡住了很久的老人家。然後我明白了，根本沒有什麼做不到的理由。至於爲什麼不做，因爲大家都希望那個怪物待在這裡，不希望它消失。這裡的人，都喜歡這樣的機制。」

明明會被吃掉，太傻了吧？蒲生低喃，搖了搖頭。

「不管再怎麼不合理的事，只要大家遵循，時間一久，就會變成理所當然，覺得非遵從不可。然後不知不覺間，那就變成了『規矩』。改變現狀很可怕，又麻煩，而且等於是否定過去的自己，所以一概否決。要是新人想提出異議，就群起圍攻，指責卑賤的人居然妄想以下犯上。聽著，其他人都不能指望，就我們兩個動手，一起打倒那個怪物吧！」

我實在無法馬上答應，蒲生熱切地說服我：

「兩人合力的話，總有辦法的。反正你不是不要命了嗎？那個怪物惡劣的地方，在於它原本是自己人，又擁有治癒傷病的能力。所以就算偶爾有人被吃掉，大家也都覺得無可奈何。把那個怪物推下地獄，橋就會出現。絕對是這樣的。只要打倒那個怪物，大家就能自由，獲得解脫。」

自由。

我想起只交談過一晚，隔天就離去的鈴音。

鈴音那輕盈的自由。那才是人應該要擁有的人生，不是嗎？然後，蒲生也是自由的。

在這裡的法則中，我是失敗者，所以才會沉醉在企求自由、發動挑戰的想法中。

無臉神並非邪惡的。這裡沒有葬禮，也不存在醫院。在這裡，死亡就是被無臉神吸收，生存就是吃掉無臉神的屍體。這樣的循環，應該是幸福的永生不死。

然而，我卻如此不幸。

我們一起走向小河，坐在河邊的岩石上交談。

蒲生說，他會來到這裡，是爲了探險防空洞。蒲生居住的城鎮郊外有一座斷崖，崖上嵌著格子鐵門。

某天，三人破壞門鎖入內探險，走出洞穴之後，便是森林。一行人在森林裡走著走著迷了路，遇到一座橋，過橋之後就來到這裡了。

「你應該也知道，當初我們是三個人一起來的。一個是我哥，另一個是我哥的朋友。可是我哥被吃掉了，我哥的朋友去求救，再也沒有回來。然後我吃了發光的年糕，也就是屍體，橋就消失了。」

「發光的年糕，你是指上次吃的嗎？」

「不是，其實我借住的地方的大叔，把肉藏在壺裡。大概是以前的怪物的肉，他把肉保存起來，打算慢慢享受，我發現後，該怎麼說……糊里糊塗地就是好想吃。趁著大叔不在的時候，我偷吃了一點點，然後就沒救了。」

我嘆了一口氣。

「楠，你是什麼時候、從哪裡來的？」

「不知道。」

我說了有關大火的記憶。那裡到處都在燃燒，半夜裡我目睹熊熊烈火。

「我以前在的地方，應該是東京……當時街道完全陷入火海，所以我才會逃到這裡來。」

「那是幾年前的事？」

「約莫是七年前。」

「那大概是東京大空襲吧。」

蒲生說，當時日本正在與外國交戰。

「現在回去也沒關係了。我保證，一定會讓你活著回去。要是繼續待上五年，搞不好我會變得跟這裡的居民一樣。我不想變成那種廢人。而且我哥被殺了，與其在這裡變成廢人，我情願死掉。」

我們擬定了計畫。

整個夏季，我跟蒲生一起探索各處，聊了無數的話題。我從來沒有跟別人說過這麼多話。和沉默寡言的杏奈不同，蒲生與我年齡相近，是個朝氣逢勃的少年。

夏季尾聲，蒲生在古寺前如此大喊，朝無臉神丟石頭。

「我來挑戰了！」

決戰揭幕了。

石頭擊中無臉神的臉。

無臉神發出沉悶的低吼。

蒲生旁邊是一座堆成小山的石頭。

他接二連三扔出石頭。

無臉神有些狼狽，爲了躲避蒲生，從古寺另一側的出口出來了。

一切都在意料之中。

在那裡埋伏的我趁機從背後撲上去，用繩索勒住無臉神的脖子拽倒祂。

蒲生跑過來，以預先準備的網子罩住無臉神。

無臉神在網子底下掙扎翻滾，我們合力把祂搬上擔架捆綁起來。是爲了這天特地打造的擔架。

無臉神扭動掙扎著。

祂吐出黃色體液，沒有牙齒的嘴巴圓張，儼然是軟體動物。

「好，走了！」

蒲生從前方抬起擔架，我從後面抬起。

「呀、喝！呀、喝！」

我們吆喝著，搬運神明。

「小心，前面有倒木。」

「好！呀、喝！呀、喝！」

汗水淋漓。

然而，奇妙的是，身體一點都不累。

有股難以言喻的興奮感，像是在千年一次的祭典中抬神轎，像是古老的英雄靈魂附身，也像化成一陣風，正穿越巨大的森林。

「呀、喝！呀、喝！」

左右兩側的景色往後流逝。

呀、喝！呀、喝！

我和蒲生齊聲吆喝著，不知不覺間笑了起來。

就這樣，我們把受縛的無臉神抬到千尋之谷，扔了下去。

光輝的神明身影落下深谷，變得愈來愈小，終於落入萬丈深淵的黑暗裡，消失不見。

風從谷底吹了上來。

風漸漸吹乾了全身的汗水。

成功了！我和蒲生對望。

啊！我歡呼起來。

紅橋復活了。

聚落的居民鬧哄哄地從森林裡走出來。他們是追著帶走無臉神的我們過來的。

「我們把那傢伙丟下懸崖了。」蒲生說：「沒有它比較好，一切都結束了。」

居民面面相覷。每個人都一臉絕望。他們原本期待今天可以吃到屍體吧。

「你們這兩個該死的小鬼！」有人洩憤似地說：「你們、你們知道自己幹了什麼好事嗎！」

「忘恩負義的東西！」教我編網子的老嫗叫罵，面目猙獰。

我們和居民互瞪了片刻。

我們與他們徹底決裂。

沒多久，一個居民——上了年紀的男子跪地，哭了起來。下一秒，他跳下懸崖。

蒲生把手搭在我的肩上。

走吧，趁著橋還沒有消失。

我們留下殺氣騰騰的居民，朝千尋之谷上方的紅橋走去。我不知道其他人是不是也看得到橋，沒有人追上來。他們連離開這裡的念頭都沒有。

我們行走在迷霧當中。

究竟走了多久？

蒲生幾乎是單方面說個不停。他提到大城市、朋友、想讓我嘗嘗的食物、似乎很尊敬的父親、班上可愛的女生。

我附和著，就只是聆聽。

路只有一條，沒有別的岔路。

沒多久，蒲生不再出聲。

接下來時間莫名變得遲滯，感覺經過了漫長的歲月。

右腳前，左腳前。兩側被蓊鬱的樹木包圍的道路不斷綿延，永無止境。

我們彷彿從百年以前，就一直默默行走在迷霧當中。

我不經意地望向走在前方的蒲生，忍不住嘖舌。

前方的蒲生，身體在發光。

「蒲生……」

蒲生回頭，他的五官變得模糊。

「沒事。」我說。

失敗了嗎？

蒲生很快就不再是蒲生了。

我停下腳步，茫然站在原處。

蒲生——上一刻還是蒲生的東西，不斷往前走，最後化成一個小光點，消失不見。

我慢慢地深呼吸。

入夜了。

風攪動霧氣。

黑暗裡，看得見遠方大城市的燈火。

千萬光點閃爍不停，宛如打翻了光的寶石盒。

蒲生消失在那裡面了嗎？

低頭一看，我的身體也開始發光了。

我搖搖頭，決定朝那遙遠的光繼續走下去，直到一切消失的那一刻。

青天狗之亂

1

這是很久以前的事了，當時我在前往伊豆的交易船上當船員。
那是一艘大船。
首先從江戶的港口出發，經過浦賀，前往大島，接著再前往御藏島、三宅島、下千島，視情況還會去八丈島，然後返回江戶。
航程相當漫長。當時和現在不同，不是蒸汽船，只能在各地港口觀察海象，再繼續前進。有時原本預計只待一天，結果卻停留了一星期。
當時的伊豆群島是流刑地。
被判處流放伊豆群島的罪人，會搭乘我工作的交易船前往，所以船也被稱爲「流人船」。
我有個從父祖輩那裡繼承的副業。
那就是爲不幸遭流放遠島的人，運送親人準備的物品——「探視物」。
我並未宣傳自己承攬這樣的工作，但在品川一帶小有名氣，因此大部分都是委託人主動找上我。

我會和委託人討論，決定費用和其他細節。探視物的數量和種類雖有限制，但並非違法。

由於實際交付時，會與流刑犯見面，交易船的航程結束，回到江戶以後，我會把對方的狀況轉達給家人。

流刑犯難以獲得赦免，多半會在島上生活相當長的一段歲月，因此只要接到委託並達成，就有了固定的回頭客。是手續費頗爲優渥的一份工作。

當然，我不可能獨占這麼好賺的生意，而是和船員中同樣接受探視物運送委託的人有個大概的分配，像是八丈島交給平左、三宅島由松吉負責，各有各的地盤和客戶，也會互相介紹生意。船員皆是懂事前就跟著父親跑船的資深水手，彼此都認識。

一對老夫婦來到我住的長屋。

老先生紮著町人（註）樣式的髮髻，細問之下才知道，他是飛驒人，但現下在武藏野製作、販售玩具。說是玩具，但我並不熟悉，不過應該是陀螺、劍玉之類的玩意吧。

老夫婦拜託我送探視物給去年被流放到下千島的兒子——二十二歲的鷺照。那是一只長櫃。

老夫婦說，鷺照原本在深川一帶開居酒屋。

關於探視物有許多規定，我當著兩人的面，檢查櫃子裡的物品。裡頭裝著白米等糧食和衣物，還有一件奇妙的東西——怪物的面具。

看起來像天狗，但又無法確定是天狗。

臉是青色的，長著角，眼睛特色十足。很像能劇表演用的面具，感覺有種魅惑觀者的魔力。

「這是什麼？」

「是我兒子的紀念品，希望他看到面具，能在寂寞的島上生活中想起那些回憶，這不能送嗎？」

「唔，要看行政官員怎麼說吧。」

船隻停泊在下千島，處理完幾項工作後，我把裝著探視物的櫃子搬到推車上，

註：江户時代居住於都市的工商業者。

前往衙門。

同樣的工作我已做了好幾年，和衙門的官員都混熟了。負責的官員是姓末松的當地武士一族，以及他們的親戚。

末松家的家主出來了。他生了一張狸貓臉，有些富態，比起武士更像商人。

「我又來探望大人了。」我奉承地說。

「少鬼扯了。本土最近怎麼樣？」

「是，聽說虎列拉（霍亂）漸漸平息了。今年比較冷。」

「江戶和京都都很亂呢。喏，都是薩摩、長州（註）那幫人在作亂。」

「哎呀，我不學無術，不懂那些事，不過大家都在說，只希望別打起來就好。」

即使是邊陲地區的島嶼，與武士談起這類話題，仍得格外當心。畢竟當時正值時代的轉捩點。

涉及尊王攘夷之類的反幕府思想，輕易就會被打進大牢。任何人都看得出，外國的壓力以及國內的混亂，讓幕府搖搖欲墜。但我完全沒料到，不久後幕府還眞的就沒了。

「這是一點小心意，請笑納。」

我沒忘記奉上菸草及江戶流行的物品，作爲賄賂。

「好、好。那麼，我過去看看吧。」

我跟著末松和他的隨從一起走出衙門，然後依序打開搬到屋後的「探視物」櫃子。

「沒有刨刀、釘子之類的東西吧。」

「我跟家屬交代過絕對不能夾帶那些東西，蓋上蓋子前我也檢查過。」

島上的官員最怕流刑犯脫逃。若是犯人私造小船逃亡，官員會連帶受罰。離開下千島後，至少得經過三座島才能踏上本土的土地。雖然並非完全不可能，但即使有釘子，也無法輕易造出小船，要逃離島上，難如登天。

「有沒有什麼有意思的東西？上回還夾帶了春宮圖，眞好笑。」

末松隨手亂翻櫃子裡的米袋和衣物。

探視物當中如果有錢，末松會直接拿走，好像那本來就是他的。

「錢也是金屬啊。喏，把錢熔了，可以拿去做許多壞事。」

註：日本江户時代的藩名，薩摩藩爲現今的鹿兒島縣及宮崎縣西南部，長州藩爲現今的山口縣。幕末時期，兩者爲推翻幕府、實現大政奉還的要角。

我默默看著。那是親屬爲了可能會在島上餓死的犯人，省吃儉用放進去的錢，但這就像是這個世界的法則吧。

輪到鷺照的櫃子了。

末松摸索櫃中的衣物下方，抓出那只怪物面具。

他訝異地歪頭：

「這是什麼玩意？」

「不清楚，聽說是犯人的紀念品。」

末松看著那面具，面露苦笑，很快地，他臉上的笑容消失了。我也在一旁看著，起初只覺得是恐怖的面具，但半晌後，總覺得面具滲透出某種黑暗的情感。四周彷彿微微暗了下來，面具上眼睛的部分炯炯發光，隨時都會張口說話——

末松把面具丟回櫃子裡，說：「好，可以走了。」

之前提過，探視物都是由我親自送交本人。這是爲了向委託人報告流刑犯的狀況。

我向官員行禮，前往流刑犯所在的聚落。

末松很懶惰，該拿的東西拿了，絕不會費事跟上來。

說到流放荒島，那是怎樣的情形？

這實在是一言難盡。

有錢能使鬼推磨，罪人乘上交易船之前可以在品川最後一次收取親友送的物品，有些人會帶上不少米袋和金銀。人們在花花世界的身分與貧富差距就這麼直接被帶到島上，對往後的日子造成重大的影響。

伊豆的流刑犯多半是政治犯。醫生的話，非常受到器重。有學識的人，會在島上靠著教書識字爲生。

不同的人、不同的財力、不同的運氣，以及流放到不同的島嶼，大大改變了犯人的命運。

2

鷺照居住的小屋，位在下千島的流刑犯聚落邊緣。

那小屋十分破爛，連馬廏都比它豪華。

感覺大風一吹就會飛走，也難以遮風蔽雨。

我把裝著鷺照家人託付的信、米，以及其他日用品的櫃子放在小屋前。

看看裡頭，沒有人。

地上連草蓆都沒鋪。小屋裡僅有一些碎布碎紙，以及一只破碗，連家畜都不如。

下千島分成兩區，一區是原本的島民居住的土地，另一區則是依判決送來的流刑犯生活的土地。以人口來說，島嶼西部港口的島民聚落約有數百人，但島嶼東部深處的流刑犯聚落，頂多只有數十人，不到五十人。

連接兩座聚落的道路，被一堵高聳的柵欄阻隔。前方高高豎了塊告示牌，警告流刑犯膽敢越界，一律斬首。

在下千島，一般島民和流刑犯之間幾乎沒有交流，舉行祭典等活動時也不會混在一起。八丈島的話，由於島民很多，流刑犯可以分配到各個聚落，共同生活，所以下千島向來被認爲環境更惡劣。

「什麼事？」

有人出聲。回頭一看，是個蓬頭亂髮、鬍子長到覆蓋嘴巴的男子。是鷺照。他的鼻子形狀有些特殊，是叫鷹鉤鼻嗎？是異國人常見的大鼻子。

「我送探視物過來。」

我說明是受到他的家人委託，從江戶送慰問品過來。

鷺照一臉茫然，打開櫃子一看，頓時淚流不止，也許是喜極而泣。

我拿出魚乾，說是送他的土產，他一口咬上去。

「這裡的生活如何？」我掏出菸管，塡入菸草。

鷺照再次淚濕眼眶。

「怎麼可能好？」

我在附近的倒木上坐下來。

「很難熬嗎？」

「我現在就只等著曝屍荒野了。我是被冤枉的。」

「是嘛……」我仰望天空。

天空蔚藍，有老鷹在飛舞。

「你知道我做了什麼嗎？」

「噢，或許聽過吧，但我忘了。你幹了什麼事？」

鷺照滔滔不絕地說了起來。

鷺照原本經營一家居酒屋，但二樓包廂變成賭場，遭人密告。

「我是被女人陷害了。有一次，我把一個叫阿兼的女人送進店裡。江戶男人多，所以店裡有個女人，可以拉抬生意。」

「你僱了她？」

「一開始算是我的情婦吧。不過那個女的眞是糟透了，偷店裡的錢、在外面偷人，還會撒謊。我想跟她分手，居然分不掉，最後被她害慘了。」

官差上門，鷺照兩三下就被綁起來了。

鷺照說阿兼還加油添醋，指稱他贊同尊王攘夷論，經常在酒館和熟客激動地談論這類話題。尊王攘夷，就是倒幕思想。

當時應該到處都有人在賭博，不過一旦被舉發，提供場地聚賭的人，多半會被流放遠島。

再加上尊王攘夷思想，更是沒有酌情的餘地了。

「我根本不知道什麼賭場。我做的是賣酒的生意，那些說得口沫橫飛的酒客，管他是尊王派還是佐幕派，我一樣都要陪笑附和啊。然而，官差卻把我說得像是企圖謀反的叛黨同夥一樣。賭博也是，只是沒有人說而已，到處都有人在賭博。我僅僅是出租二樓，誰曉得他們在那裡幹些什麼勾當。阿兼眞是個天生的壞胚子。她本來是私娼，自個兒向我投懷送抱，不知不覺間就賴在店裡不走了，成天好吃懶做，我說了她幾句，居然就反過來恨上我，甚至搞上別的男人，想跟她的姘夫聯手搶走我的店。」

「店被搶走了嗎？」

「我被流放遠島，她現在應該喜孜孜地跟新的男人一起經營那家店吧。」

「如果眞是這樣，也太讓人心寒了。」

當時的法律曖昧模糊，十分不合理。不需要證據就能懲罰，而且有時刑罰過重，或相同的罪狀與他人相比，刑罰極不公平等等，有許多明顯胡亂判決的情況。

「你有什麼願望嗎？」

「幫我宰了阿兼。那婊子住在深川。富岡八幡宮附近有棵大銀杏樹，很有名，上頭還綁著注連繩（註）。只要去那一帶問問，每個人都知道那棵樹。樹的近旁有家叫『富瀨』的店，就是我的店，阿兼應該會在店裡，替我殺了她吧！」

鷺照的臉孔憤怒得發紫。

「哎，這沒辦法啦。我明白你有多憤怒，也很同情，但事到如今，也無可奈何了。」

我改變話題。

「對了，帶給你的東西裡有樣奇怪的玩意，那是什麼面具？」

註：神道教中用來標示神域的繩索，以稻草製成。

「面具？」

鷺照訝異地反問。

我說出青天狗面具的事，鷺照打開櫃子，拿起面具，細細端詳。

「說是你的紀念品。」

鷺照沒應聲，目不轉睛地盯著面具。

「你父母要我帶給你的。」

「這是神的面具。」鷺照低聲說。

「飛驒的神嗎？」

「嗯。」

我並非想知道更多內情，畢竟我只是來送東西而已。儘管如今我很後悔，那時候應該向他問個清楚。

我一起身，鷺照抬頭說：

「你要走了？」

「是啊，還有其他東西得送。」

鷺照露出陰鬱的表情。

約莫是很久沒有像這樣好好地與人交談，希望我待久一點吧。

我心生同情，接著說：

「你要努力活下來啊。等我回到本土，會向你的家人報平安，然後一定會再來。你要活到我下回送東西過來啊。你這種程度的罪狀，不可能永遠被流放在這裡，應該很快就會有赦免狀下來了。所以在我下次來之前，你可別死啦。」

鷺照點頭如搗蒜。

獲得赦免狀代表刑期已滿，是唯一能回到本土的正規途徑。但即使是輕罪，熬了三十年才等到赦免狀的情形也時有所聞，實際上根本無法期待，不過我覺得讓鷺照懷抱希望比較好，於是說了些樂觀的話。

下千島的流刑犯，每三人就有一人會在一至兩年內死去。在島上，只能勉強找到一小塊田地耕作，拚命求生，但虛弱的身體容易生病。

我猜想，下次來的時候，鷺照恐怕已不在人世。

接著，我前往鷺照以外的流刑犯住的簡陋小屋，送交探視物。聽說其中一人去年死了，我沒能把東西交出去。

然後，停留在流刑犯聚落的期間，我目睹令人不舒服的景象。

兩名腰間佩刀、年約十二或十三歲的少年，踢踹著一身粗陋衣物、跪地磕頭的男子。

那兩名少年一定是衙門官員的親人。雖然我不是很確定，其中一人但八成是末松家的三男。被踢的是流刑犯。

年輕武士哈哈笑著。他們嘲笑、怒罵、挑釁跪地的男子。被踢的那人雙手抱頭，拚命懇求饒命。

這類事情完全沒有留下紀錄，乾淨得近乎詭異。會留在紀錄裡的，總是大人物做大事、強者打倒敵人之類的故事。

衙門的官員即使把流刑犯凌虐至死，也可以任意捏造他們的死因。不管是病死、被馬踢死，還是因忤逆武士而當場被斬殺，什麼都行。

爲了避免引起注意，我悄悄繞道而行。

後來我回到江戶，鷺照的父母來找我，我告知物品順利送達，以及他們的兒子看起來還好。

「令公子一直盯著面具。」

「那是咱們深山的村子世代流傳的面具。是跟天狗有關的面具，傳說只要戴上那面具就不會死。」

「這麼靈驗啊。」

「是在祭典或儀式中使用的面具。」

戴上面具，就能得到靈力保佑，不會死掉。這是父母希望孩子能平安生還，而送給他的護身符。

難怪鷺照會直盯著那個面具。

我們也談到往後繼續代送物品的事宜，然而運送探視物的工作，那是最後一次。

在下千島談到的，鷺照以前開的店「富瀨」，後來我沒有去，連找都沒有找。

3

沒多久，江戶時代就結束了。

那是一段哀傷、寂寞，又彷彿被新時代的強光刺得手足無措般，總之是再也不會有第二次的狂歡時光。江戶的寺院和神社都公開珍藏的神像祕寶，天天都像在過節。

幕府消亡，推動廢藩置縣，進入新政府的時代。

我再也沒有登上交易船。

至於爲何不再出海工作，是因爲明治維新以後，陸地上到處都是賺錢的機會。人們都說「討海生活，隔著一片船板就是地獄」，眞是一點也沒錯。數不清的夥伴被那片漆黑無底的浪濤吞沒了。如果沒有別的工作可以選擇，我就會上船，但既然陸地上有著數不清的工作機會，我才不想出海。

在江戶，若是脫離代代家傳的行當，幾年後就會變成「無宿人（註）」，被強制送去佐渡一帶採礦，不過江戶現在已成了明治東京，再也沒有這種事了。

當時是明治十七年左右（一八八四），我在各地做了許多工作，存了一筆錢，在品川開了旅舍。

是簡陋便宜的旅舍，供來東京工作或前往離島的人暫住幾天。

交易船時代的朋友和熟人都很關照我的旅舍，也會爲我介紹客人，因此生意頗爲興隆。進入汽船時代，有企業家開了一家叫「東京灣汽船」的公司。那家公司後來換了名字，如今應該也是東京灣的海運龍頭。東京灣一帶變得相當明亮熱鬧了。

伊豆諸島也改頭換面了。

首先，伊豆不再是流刑地。因爲明治維新不久後，原本送往伊豆的流刑犯，改爲送去北海道。同時，許多島嶼經過「整理」，流刑犯獲得赦免，下千島的島民則遷往大島或御藏島等地，成了無人島。

那應該是明治二十年的事。

聽說淺草蓋了座紙糊的富士山，我前去參觀，旅舍生意暫時交給親戚照顧。

如今應該有些難以想像，但在淺草公園六區，出現了一座大得驚人的人造紙糊山，高約三十三公尺、外圍約二百七十公尺，還可以讓人登上山頂。

當時周圍完全沒有高大的建築物，遠遠地就能看到那座紙山，而且只要登頂，就能遙望四面八方。

總之，奇大無比。

我前去參觀，但有些後悔，因爲人潮實在太可怕了。

我得撥開人群才能前進。到處都是攤販。

時值十一月，樹葉都轉紅了，也有許多攜家帶眷的遊客。

這時，我的目光不經意地停留在一名男子身上。

男子站在樹林附近，倚靠著樹幹抽菸。他穿著灰色西裝、下巴光潔，頭髮也理

註：江户時代有類似現代的户籍制度，稱爲「宗門人別改帳」，未被列入其中，或因私奔、被家族斷絕關係等情況而遭除名的人，即爲「無宿人」。

得短短的，整個人光鮮亮麗，一副文明開化後的東京紳士派頭，年約四十開外。他抽的是天狗牌香菸，日本第一個紙捲菸品牌。香菸在當時是最時尚的奢侈品，同樣十足都會風格。

男子臉上就頂著那個獨特的鼻子。

我只在二十年前見過鷺照一面，他蓬頭亂髮、滿臉鬍鬚，看不清長相。唯獨他的鼻子，我記憶深刻。

印象和氣質都截然不同，但「那鼻子好眼熟」的想法，讓記憶中的鷺照與這名男子的臉瞬間重疊。

啊！我心頭一驚。

難道……？不不不，絕對就是他。

眞是太教人開心了。

鷺照獲得赦免是理所當然的，而且下千島已成了無人島。

我怯怯地走近他，笑盈盈地開口搭話：

「午安，天氣眞好啊。請問，您還記得我嗎？我們在下千島見過。」

男子一臉訝異，搖了搖頭：

「你認錯人了，我沒去過什麼下千島。那是哪裡的島？」

「哦，以前我是幫人送探視物的……」

「嗯？探視……？莫名其妙，你認錯人了。」

「哎，別這麼說，怎麼樣？去那邊的攤子喝一杯吧？我請客。」

我稍微壓低聲音邀約。

男子搖頭，不耐地說：

「喂，你喝醉了嗎？我不是你認識的那個人。我還有事，失陪了。」

男子從我身上移開目光，壓低帽簷，快步離開了。

無論是誰，即使已獲得赦免，也會想隱瞞自己曾是流刑犯的過去，不願回想、不願提起吧。

對他而言，交易船的船員不知是敵是友，形同陌生人。我純粹是想慶祝他生還歸來，但應該是多此一舉了。

當然，也可能是我真的認錯人，他只是外貌相似的另一個人。

4

我的旅舍位在東京灣的碼頭附近，因此有許多來自離島的顧客。

有一回，我在一樓的談話室招待住客喝大島當地的酒，聽到有人談及下千島。先前提過，下千島已是無人島，但據說還有島民居住的明治初期，島上出現了作祟神。

許多顧客來自大島或八丈島等較大的島，聊起這件事的兩人也是大島人，他們似乎是從別人那裡聽來的。

不久後，有個來自下千島的男子投宿，我聽到了更詳細的情形。

島上發生匪夷所思的事。令人驚訝的是，鷺照是這件事的中心人物。

以下的情節，是綜合數人述說的片段，加上我若干的想像而成。雖然情節眞眞假假，但大致內容如下：

據說，流刑犯鷺照某天帶著面具消失了。

然而，島上很平靜。想要離開下千島，難如登天，而且流刑犯經常因絕望而自殺，衙門方面認為鷺照也不例外。

沒有人放在心上，鷺照失蹤以後，也沒什麼人去找他，文件上當成病死處理。

島上衙門的武士末松家中，有個叫栗太郎的年輕人。應該就是我最後一次送探視物過去時，笑著踢踹下跪的流刑犯的少年。

栗太郎這個年輕人似乎殘忍無比，聽說他曾帶著堂兄弟，隨意指名流刑犯，拿弓箭追捕他們，玩「獵人」遊戲取樂。

他還會把看不順眼的流刑犯衣服剝光，扔進大寒冬的池子裡，或是逼對方吃馬糞。被他玩弄虐死的流刑犯相當多，但在送到江戶的文件上，都被隨便以病死或自殺等理由處理。

偶爾，十分罕見地，也會有女犯人被流放到島上來，聽說栗太郎對女犯人做了駭人聽聞的可怕行徑。

一直以來，栗太郎的野蠻行徑都沒有遭到追究，頂多就是被父母訓一頓。

維新前的刑罰，目的是爲了讓人受苦，或是殺雞儆猴，光是死刑就有鋸斷軀體、綁在柱子上活活刺死等等，行刑手段五花八門。

不管是在江戶還是任何地方，犯人在牢裡連伸展身體的權利都沒有，甚至會因爲鼾聲太大，被在牢裡爲王的老囚犯殺掉，所以原本是町人的流刑犯在偏遠的島上被武士殺害取樂，即便可憐，也是司空見慣的事。就像是地獄裡當然有鬼卒一樣。

畢竟那個年代，和現今完全不同。

然而時代更迭，發生了天翻地覆的大事。

武士的權力被剝奪，土地被國家收回，再也無法佩刀在路上昂首闊步——同時流刑犯獲得赦免，或是移送北海道，從島上消失了。

對栗太郎來說，這些都是難以忍受的事吧。

原本絕對的身分差距、權力差距、支撐著自己行動核心的理念即將破滅，自己過去的惡行，可能在流刑犯陸續獲得赦免，或移送其他土地的過程中，被提出控訴、公諸於世，到時不知道新政府會採取什麼行動。

就在這當中，政府下令下千島所有的流刑犯都要搭上下一艘交易船，送還本土。

事情就發生在交易船到來的數天前。

那是杳無人煙的荒野。

據說那日烏雲密布，天色昏暗。

栗太郎帶著四名同伴，把兩名流刑犯的衣服剝得精光，逼他們雞姦，在一旁看戲。

在栗太郎的命令下，兩名流刑犯肢體交纏。結束之後，栗太郎仍不滿足，命令兩人互相殘殺。

贏的人就饒他一命。

栗太郎還說，如果反抗，兩人都斬殺。想要活命，就殺掉上一刻雞姦的對象。

栗太郎一幫人下注賭誰會贏。栗太郎帶來的同伴中，有兩個是女的，她們吃吃笑著，目光發亮，沉迷地觀賞這齣低劣的戲碼。

只要在這時候活下來，流刑犯就可以搭下一艘船回歸本土。好不容易終於看到希望，他們無論如何都不想死在這裡。

然後，就在赤裸的兩人纏鬥成一團時，荒野另一頭的森林裡出現一個奇妙的人影。

那人戴著怪物的面具。

是青色面具。

下身穿著袴褲。

上身是灰色和服。

栗太郎和他的同伴發現怪人，便盯緊了對方。兩名赤裸的流刑犯也停止廝殺。

據說，那人看起來就像個鬼。

鬼走了過來。

步伐帶著威嚴，從容不迫，看起來也像是武家之人。是島上的武士嗎……？

栗太郎和他的同伴靜止不動。

任何人只要見到栗太郎，都得低頭垂目，彎腰行禮。他想必是認爲，這座小島上不可能有人敢與他們爲敵。

那麼，筆直走來的面具男，不是自己的父母，就是親戚中的長輩。他被禁止用流刑犯玩殘忍的遊戲。

栗太郎應該是覺得要挨罵了。

那步步近逼的面具，愈看愈詭異、魄力驚人，彷彿來自地獄。

青臉的怪物一把抓住距離最近的年輕人的頭，二話不說就從年輕人的腰間抽出短刀，插進怯縮僵立的年輕人咽喉。

年輕人動物般短促地慘叫一聲。

血濺當場。

怪物無疑鎮住了全場，即使有一人鮮血淋漓，也沒有任何人動彈。

怪物接著轉向栗太郎。

栗太郎赫然回神，抓住腰間的刀柄，就要拔刀。然而，他無法將刀子完全拔出。

「咻」的一聲，怪物拿著方才搶下的刀子一揮，栗太郎的脖子噴出鮮血。

栗太郎握著刀柄，就這樣倒下。

女人癱軟跪地。

沒有片刻停頓，怪物將刀子插進女人的脖頸。

沒有恫嚇，什麼話語都沒有。怪物的一舉一動，充滿堅不可摧的殺意。

尖叫聲響起。

青天狗（正確來說，那應該不是天狗，但在這裡就如此稱呼怪物吧）接著抓住想逃走的另一個女人頭髮，將她拽倒在地。

結果死了四個人。

怪物好整以暇地割下四人的頭，拎著人頭，以及他們的刀，消失在森林中。

青天狗離去後，只留下兩個裸身茫然跪地的流刑犯，以及包括栗太郎在內的四具無頭屍。

五名衙門的人裡頭，有一人在這場屠殺中逃走了。

是栗太郎十三歲的堂弟。

這一連串的慘事，被倖存的堂弟及兩名流刑犯證實了。末松家召來三人，由家主分別關室談話，三人的說法沒有矛盾。

這件事震撼了全島。

憑空現身，屠殺四人，帶著人頭消失無蹤的青天狗。而且四名死者是島上官府武士的兒子，以及親戚和親戚的女兒。

暴徒還拿到了刀子。

末松家的當主記得打開探視物的櫃子時，曾看到青天狗的面具。暴徒戴的面具，十之八九是鷺照的東西，而鷺照失蹤了，因此衙門方面認定暴徒就是他。不過，面具男的身分不明，也極有可能並非鷺照，總之得先找到鷺照，否則什麼都不必談。

對末松家而言，這種事態非常棘手。

該呈報本土，說島上發生叛變，請求支援嗎？還是，該向大島等近一點的地方求援？若是據實報告，說有個手無寸鐵的暴徒出現，獨力殺掉多名帶刀武士，實在有損「武士」尊嚴。上頭會怪罪他們連一名流刑犯都管理不好。況且，他們認定是暴徒的男子，其實早就被當成病死處理一事，也會暴露出他們的便宜行事，弄個不好，末松家反而會遭到究責。此外，如果說明情況的時候，提及死者強迫兩名流刑犯雞姦及互相殘殺，在一旁觀賞之際，暴徒忽然現身，會引發嚴重的問題。在那個時間點，已確定要將下千島的流刑犯送還本土了，當然不能任意殺害。

因此，最後末松家做出以下的決定：

青天狗由島上的人自行處置，不假外人之手。

栗太郎與其他四人的死亡，在公文上當成意外死亡處理。

禁止島民將這件事傳揚出去。

青天狗——或是鷺照，沒有落網。

可能是世居此地的島民將他藏匿在聚落裡。

想必也有人私下把誅殺惡吏、替天行道的青天狗視爲英雄吧。確實，受欺壓的人想做卻不敢做的事，青天狗辦到了。

此外，青天狗也可能潛伏在下千島周邊零星散布的無人島上。有些無人島上，有廢屋和水井，能夠乘小船往返。

末松家找來的幫手有一搭沒一搭地進行搜索，這時島上冒出奇妙的傳聞。

青天狗出現在某處和某地。

老椎樹上，青天狗拎著掛在繩索上的人頭，像天狗一樣大笑。青天狗在大清早的海灣游泳。青天狗傍晚出現在田裡，出聲喊住孩童。

沒有明確的證據，去到現場也沒有查出蛛絲馬跡。只有傳聞接二連三，還開始出現帶著鬼魅特質的內容，像是青天狗在神社附近消失、青天狗是半透明的、青天狗率領二十五個亡魂經過向晚的聚落。

這段期間，交易船靠岸，流刑犯都被送還本土了。有些人獲得赦免，有些人被轉送北海道。流刑犯聚落空無一人。

交易船從下千島出港的當晚，末松家的家主死了。

那天晚上，以慶祝流刑犯全數送還本土爲名目，兼討論討伐青天狗事宜，在寺院舉辦了一場酒宴。家主可能是要去廁所，提著燈籠離席。

然後他就再也沒回來。隔天早上，他被人發現慘遭殺害，棄屍在海邊。

不知道是誰幹的。雖然不知道，但眾人一致認爲，會做出這種事的，只有青天狗。

青天狗還在島上。當然在了，就是它在作祟啊。怎麼會作祟呢？聽說鷺照是受到冤枉，才遭到流放。怎麼都抓不到青天狗呢？當然抓不到了，作祟神可不是凡人。應該會持續作祟到末松家滅門爲止吧——各種議論滿天飛。

小島上的自衛組織，規模可想而知。

自中心人物末松家的家主遇害之後，就一蹶不振了。

當地武士一族陸續離奇死亡，接下來的一個月，又有兩人被殺，還有一人——家主的妻子發瘋，上吊自殺。

沒多久，政府決定將全島居民遷到本土，但這一連串怪事完全沒有向本土報告，在不明不白的情況下，村子就這樣糊里糊塗地成了廢村，島也成了無人島。

天哪——聽著這件事，我暗自詫異。

伊豆靠近魔界，有許多這類傳聞。

青島上有座東台所神社，祭祀著成為作祟神的男子，生前他在殺害七名島民後自殺。而且伊豆諸島全域，流傳著所謂「二十五日大人」的傳說。此一傳說源自在大島誅殺惡吏的二十五名年輕人。

對了，說到大島，是那位魔王——役行者（註）被流放的地點。

傳說總是遙不可及，如此近在身邊的傳說，我還是頭一回聽聞。

註：役行者即役小角（六三四～七〇一），為日本修驗道的始祖。修驗道的信徒在山嶽進行嚴格的修行，有人認為役小角就是山中的大天狗，或大天狗為其師父。

此後，講述青天狗的傳說，便成了我的拿手好戲。我會從送探視物到下千島的情節說起，說到最後「我去參觀那座紙糊的富士山，竟遇到了他」，聽眾會頓時鴉雀無聲，實在痛快。

很奇妙地，聽到這件事，每個人的感想，或者說解釋，都不盡相同。在下千島出沒的青天狗，眞面目到底是什麼？

我認爲鷺照藉由戴上面具，轉換爲完全不同的人格。他變成天不怕地不怕、威嚴十足的殘忍神明。演員當中，許多人有這種類似角色附身的經驗，巫女也會讓神明附身。這樣的變身，約莫發生在處於極限狀態的鷺照身上了吧。

畢竟他的父母說過，只要戴上面具，就會變成「不死之神」。

不過，我也聽到了意想不到的說法。

有一次喝酒時，坐在鄰座的小學教師提出了一種想法，認爲這一切都是島民的計謀。

——站在外人的角度來看，我覺得一定就是這樣。

以下是他的推理。

正値時代更迭之際，當地武士明顯式微，而島民積怨已深。

幾名——不，搞不好是所有下千島的島民共謀，誅殺惡吏及其一族。

鷺照曾帶著面具試圖逃離島上，卻失敗了。他漂流到海岸某處，被島民發現，但島民沒有向官吏通報，藏匿了他。

雙方締結密約。

——我們網開一面，把你藏起來。你絕對不能露臉，好好躲著，不過你的面具要給我們使用。

若是企圖逃亡的事呈報上去，鷺照難逃一死。

依鷺照當時的處境，只有聽從島民一條路。

怨恨末松家或官吏的島民血氣方剛，戴上鷺照的面具，大開殺戒。

不出所料，一切被認爲是鷺照所爲，震驚全島。當然，即使找遍無人島或森林裡的神社，都不可能找到鷺照。因爲島民把他藏起來了。

後來除掉末松家家主的八成也是島民。見家主對栗太郎命案的對應如此無能，他們覺得能再下一城，才會動手吧。

島民恐怕是認爲，若情況不妙，只要殺掉鷺照，讓他戴上青天狗的面具，就可以聲稱「我們逮到凶手，把他殺了」，將事情推得一乾二淨。

然而現實中，島民並沒有陷入困境，末松家輕易就崩毀、噤聲了，因此鷺照得以活命。

我完全沒有想到能這樣解釋，因此聽到之後，有種茅塞頓開的感覺，這番推理也頗有道理。

想知道我遇見的那名男子究竟是不是鷺照，並非沒有方法能確認。因爲如果他還活著，一定會去見父母。可是我根本不知道那對老夫婦的住處。

說到線索，就只有一個。

鷺照是不是提過，他的店在富岡八幡宮附近的大樹旁？這件事我還記得。

得知下千島的事的數天後，我實在好奇得不得了，於是前往深川的富岡八幡宮。

我向菸草鋪的老闆打聽，這附近有沒有繫著注連繩的大樹？老闆告訴我地點。

然後，我來到大銀杏樹前，周遭卻沒看見像是店家的地方。

有個穿和服、看上去絕對是江戶時代出生的年長婦人經過，我向她行了一禮，出聲問道：

「請教一下，這附近以前有沒有一家居酒屋？」

婦人停步，歪了歪頭，反問：

「居酒屋？」

「是倒了嗎？」

「那是怎樣的店？」

我一時想不起店名，是叫什麼？記得是二樓被人用來聚賭，害他被流放遠島。

「哦，是雙層房屋。江戶末期，那家店的老闆因爲賭博還是尊王攘夷言論，被流放遠島，呃……」

該透露多少才好？

不過聽到這些描述，婦人似乎就想到了，點點頭說：「啊，有有有。是『富瀨』嗎？很久以前燒掉了。」

她想了想，又說：

「『富瀨』啊……似乎是老闆娘獨力經營。不過忘了是什麼時候，大概是十年前吧，那家店忽然失火了。」

婦人說，可能是遭人縱火。

「燒得一乾二淨。」

店鋪以前就在那邊，婦人指著前方說道。那裡蓋了別的房屋。

「發生火災的時候，鬧得很大。」

婦人說，焦土中發現疑似老闆娘的焦屍。

「南無阿彌陀佛，眞是太可惜了，那家居酒屋還不錯。不過，依那家店內的格局看來，應該能在火勢變大之前逃生才對，但聽說要是吸了煙，人就沒救了。」

在路邊聊了一會後，我向婦人道謝離開。

最後眞相不明。

一切都只能靠想像。

鷺照從流刑犯的聚落消失後，化身爲青天狗，不僅逃離小島，還陸續殺害村吏，把他們逼到絕境，終於讓整座小島噤聲了。他被登記爲死者，若無其事地回到本土，向過去陷害自己的女子復仇。他應該是奪走金錢，並奪去女子的自由後，把她連同整家店一起燒了。因爲他已是「死人」，一點小事不可能讓他蒙上嫌疑。接下來——他若無其事地穿上西裝，在晚秋的淺草與我錯身而過，消失在人潮中。

太厲害了。雖然稱讚叫好，或許不應該……

對於可怕的殺人凶手，我總是希望他們快點落網，遭到嚴懲，然而不知爲何，對於那個遠島魔人，我卻懷抱著截然相反的感情。

我希望他改名換姓、隱瞞過去，不要被任何人逮到，在新時代活下去。

如今回想，那個時代，剛開始綻放光明的煤氣燈底下，一定有許多來自各地黑暗中的神祕妖怪往來不絕。

明治時代在兩年前結束了。今天我的旅舍也有來自各地的客人，生意火熱。

青天狗後來的消息，我沒有再聽說。

和死神旅行的女孩

1

五月。

這天颳著溫熱的大風。

十二歲的少女阿藤走在兩旁杜鵑花盛開的路上。

尋常小學校（註）放學後，她跟著同學往和家裡不同的方向走，然而與同學道別，一個人踏上歸途時，她居然迷路了。

沉重欲落雨的烏雲通過森林上方。

阿藤想著，得快點回家才行。

然而，她連方向對不對都不知道。

阿藤來到視野開闊的山丘上。

放眼望去，是一大片田園景致。

註：日本明治維新至二次大戰前的初等教育機構，修業年限四年，爲義務教育。

除了阿藤以外，山丘上還有兩名男子。

一名中年男子坐在岩石上愉快地笑著，另一名是十四、五歲的少年。看起來也像是一對父子。

少年穿著袴褲，理了個大平頭，臉頰上有痘疤。令人側目的是，他的腰間插著刀子。

中年男子頭上戴著天狗面具，一身山伏（註）的白色裝束，還拿著錫杖。

——要問問他們回村裡的路怎麼走嗎？

阿藤這麼想，正要出聲，結果中年男子轉向阿藤，搶先開口：

「小姑娘，妳來得眞是不巧。其實這個小兄弟想練練砍人的膽識，不好意思，妳可以讓他試刀嗎？」

被稱爲小兄弟的少年說「那我上了」，抓住腰間的刀柄。

在阿藤的注視下，他抽出刀子。

銀色的刀身反光。

「呃，啊……咦？」

阿藤慌了手腳。

現在是大正時代，不是武士會在路上昂首闊步的時代了。不過她聽祖父母說過，在明治維新以前，武士在路上砍人試刀的事時有所聞。

「不要折磨獵物，要一擊斃命。」

中年男子坐在岩石上，對少年說道。

阿藤的膝頭發顫。

這是在開玩笑吧？那刀子是演戲的道具之類的東西，他們是在胡鬧。

然而現場的氣氛緊張萬分。

難不成——是認真的？

「請等……」

請等一下！

阿藤退後的瞬間——

「呀！」少年大喊，一刀砍來。

刀尖在她的鼻前揮了空。

如果阿藤沒有後退，早就被劈成兩半。

少年雙眼充血，像興奮的牛一樣呼吸急促，額頭冒出大量汗珠。

註：修驗道的修行者，在山中修行。

「再冷靜一點。」中年男子說。

少年重新舉刀。

是覺悟不夠嗎?刀尖晃得厲害。

阿藤往後一跳。

背後是一棵杉樹。少年追上來,橫砍一刀。

還是沒砍中,刀子深深劈進樹幹。少年想把刀從樹幹上抽回,刀卻卡得死緊,怎麼也拔不出來。

「等等。」

中年男子語帶責怪。少年脹紅臉,退了幾步,轉向中年男子,似乎在聽候指示。

「不行、不行,你腰軟了,也沒半點氣勢,動作慢吞吞。喂,換個玩法吧。小姑娘,給妳一個活命的機會。」

中年男子從大岩石上跳下來,宛如天狗般輕巧地來到阿藤面前,從刀鞘抽出小刀遞給她。

「用它殺了這個小兄弟。殺了他,妳就能撿回一命。」

少年一驚,望向中年男子。

「那是什麼表情？不服氣？不滿意？你只想砍不會抵抗的女人嗎？」

「我又不認識她！」

年輕人脹紅了臉說。

「就是不認識，才能毫不在乎地砍下去啊！滿嘴藉口的傢伙不配當我的徒弟。好了，放手去砍，讓我看看你的覺悟。這是賭上性命的比試。開始！」

中年男子回到岩石上坐下。

「爲什麼？」

阿藤懇求似地問少年。

她完全搞不清楚狀況。

爲什麼非這麼做不可？

少年的眼神游移，開口：

「閉嘴！我被死神纏上了。妳、妳乖乖讓我砍吧，乖乖受死吧！否則我會被那傢伙殺了。」

死神？是指在背後觀望的中年男子嗎？

少年朝阿藤逼近，反覆拿刀微微前刺又收回。

阿藤沒有多想，直接行動。

六歲的時候，哥哥對她悄聲細語：「佛堂的佛像晚上會動起來，抓老鼠吃，所以如果半夜起來，跟佛像對上眼，就會被活活掐死。」她嚇得跑出家裡，一路走到村郊，在那裡蹲到早上。

九歲的時候，同學叫她去偷路邊攤上的玩具，她毫不猶豫地做了，把偷來的玩具分給大家。後來事跡敗露，阿藤被打到臉都腫了。當時母親和姊姊跪在地上，向攤主賠罪。

十一歲的時候，因爲幾個男人要求，她在巷弄裡掀起和服裙襬，讓他們看了下體。

她經常被人在暗地裡唾罵「蠢丫頭」。

她很容易迎合周圍的人。容易上當、容易順從當下的氣氛——她從不多想。

但每一個瞬間，她都能迅速決斷。

少年跨出腳步的瞬間，阿藤飛撲上去，小刀沒入少年的軀體。

那是反射動作，而非思考之後的行動。

「噫!啊、啊啊!」少年發出痛苦的叫聲。

胸口露出小刀的刀柄。

中年男子滿面笑容，從岩石上站起來。「勝負已決！嗯，幹得好。姑娘，我中意妳！」

年輕人痛苦呻吟，流淚跪地。他的血滴滴答答往地上流。

我做了什麼……？

「噫！啊！我、我、我……」阿藤交互望著少年和頭頂著天狗面具的中年男子。

闖下了滔天大禍。

「對不起、對不起、對不起！」

自己反射性選擇的作爲，從未帶來好結果。

「快點幫他包紮——」

「傷得太深，沒救了。」中年男子大聲說。

阿藤滿眼淚水，全身發軟，跪在地上磕頭：

「請原諒我！」

「做不到，畢竟妳殺了他。」

男子指著倒在地上流血的少年。少年依然呻吟不止，好像還有呼吸，但男子似乎不打算救治他。

男子撿起少年的刀，放到阿藤前方。

「下一個對手是我。妳用這把刀吧。如果成功砍到我，就放妳回去。如果砍不到，妳就歸我。」

「只、只要砍到你，我就可以回村子嗎？」

「沒錯。有人拿刀攻擊妳，妳反過來打倒對方，沒有人會說話。」

阿藤飛快地撿起刀子，「哇」一聲逼近，朝男子砍去。

男子一動也不動，千鈞一髮之際閃開了攻擊。

「眞果斷。這是妳第一次拿刀？」

「是，第一次。」

「很好、很好。連這種時候都一板一眼地回話，很好，再來！」

好一會，阿藤不顧一切，拚命朝男子揮砍。

這名中年男子和剛才的少年完全不同。

她的攻擊根本碰不到對方，像是在跟月亮還是海市蜃樓對打。

這樣砍了多久？

很快地，阿藤垂下握刀的手。她再也揮不動了。手的肌肉瀕臨疲勞的極限，連刀子都舉不起來了。

忽然腳下一絆，她仰倒在地，背部感覺到草葉和泥土。

逆光而化成黑影的男子，以錫杖尖端指著她的喉嚨。

「有天分，這不收太可惜了。好，這下妳就是我的了。說『我是你的』。」

阿藤氣喘吁吁地說：

「我是你的。」

說出口的瞬間，她覺得心中某處被鎖了起來。

接下來她便放棄了思考。

「叫我『時影大人』。妳叫什麼名字？」男子問。

「我叫阿藤。」

「嗯，阿藤。那走吧。」

阿藤瞥了一眼，少年已不再動彈。

兩人離開了狂風大作的山丘。

2

尖銳的汽笛聲響起。

又黑又大的車輪開始轉動。

阿藤坐在火車座椅上。

車窗外，田園風景向後流去。

這是她第一次搭火車，也不知道火車開往何處。

她連自己是在哪一站上車都不清楚，因而無從知道火車開過哪裡、現下停在哪裡。

不知不覺間，阿藤換上一身洋裝。

黑色皮鞋、白色刺繡上衣、洋裙。

對平常都穿滿是補丁的束口工作褲和木棉衣的阿藤來說，這身打扮實在太標新立異、裝模作樣，教人羞恥。

對面坐著穿西裝、戴西帽的男子——時影。

他也從山伏打扮換成了西服。

「不用管那個人嗎？」

是指她砍殺的少年。

「不用管他，」時影說：「也不用同情他。那個小兄弟跟父親吵架，砍死了父親，把制止他的祖母也殺了，逃進山裡，原想當夜盜，被我撿到，但出乎意料地沒種，廢物一個。妳比他像話多了。」

「可是……」

「我有言在先，記住這項規矩。如果妳想活久一點，就不許質疑我，要相信我。這世上的一切，就像過眼雲煙。現下身在夢裡。妳什麼都不必知道，也最好什麼都不知道，只要照著我說的去做就是了。」

「你是誰？」

「我是妳的主人。待會妳就要去執行第一件任務。」

時影給了阿藤一個細長的包裹。

阿藤打開包裹。

是一把收在有裝飾的刀鞘裡的刀子。

「此乃妖刀『百舌眞』，經年吸收人血，已有兩百年。鋒利無比，削鐵如泥。」

「刀……？」阿藤看向時影。

「是妳吃飯的傢伙。很簡單，拔出來、砍下去，然後就結束了。『地點』和『步驟』都由我決定。」

殺死時影指定的人。

這就是阿藤的工作。

那是一個寬敞的西式房間。

窗邊擺著觀葉植物。

房間深處有張大床，鋪著嶄新的床單。

阿藤坐在床上。

時影把她帶來，吩咐她坐在這裡等。

「喀嚓」一聲，門把轉動，房門打開來。

一名身穿白色燕尾服的年輕男子走進來。男子戴著圓框眼鏡。

他看也不看坐在床上的阿藤，脫下外套，掛到牆上。

接著他取來香檳酒，倒進杯子喝了一些，才總算坐到阿藤旁邊。

有酒、菸草和香水的氣味。

「妳幾歲？」

阿藤沒有回答，只是微笑。

那個怪人——時影交代，不管對方問什麼，盡量別開口，微笑就好。

她不知道這個裝模作樣的男子是什麼人，也不知道這是什麼房間。

「到了我這種地位，就得顧忌他人的耳目。尤其這世道，高貴的血統實在不便，沒辦法隨意去買下賤的妓女，有損名聲。得像這樣特地跑來私人別墅，才能盡情玩玩。眞是傷腦筋。」

關我什麼事？阿藤心想。

「聽說以前在我祖父那一代，有棟祕密別墅，召集了娼妓之類的在那裡。不過現在不是那種時代啦。」

阿藤微笑。

「聽說妳『什麼都不懂、什麼都記不得』？眞方便。是眞的嗎？若眞有這種妓女，肯定很搶手吧，怎麼可能還是處女？」

男子把手伸向阿藤的胸部，接著放開了手。

「妳還是個孩子吧？就算打扮成那樣，但根本就是個孩子啊。這一切都太可疑了。」

男子起身，拿著杯子背過身去。

阿藤從被子底下取出「百舌眞」。

她從床上跳起來，倏地砍向男子的後頸。

血花迸射。

男子無聲無息地倒下，酒杯摔破了。

阿藤把「百舌眞」收進刀鞘，開門走下純白的階梯。

月光傾瀉的中庭裡，停著一輛車子。

綠色車體、軟篷頂，是雙人座轎車。

時影從駕駛座探出頭：

「看來順利成功了。妳殺的那個人，把他當成披著人皮的野獸就是了。」

時影打開副駕駛座的車門。

「好了，上車吧。」

阿藤一上車，車子便往前駛出。

「這樣就行了嗎？請讓我回去吧。」

她按照時影的吩咐殺人了。

「回妳的村子？還不行。」

阿藤的眼眶泛起淚水。

「爲、爲什麼？我都聽你的話——」

殺人了。

「七十七個人。我向天地神明發誓，只要妳殺掉七十七個人，我一定會放妳回去原本的地方。」

「什麼？」阿藤大叫。

「還有七十六個人。」

「不可能的，我不要，我想回去！」

「妳不是說過嗎？妳是我的。」

心臟就像被套上了孫悟空的頭箍般，頓時緊縮起來。

——我是你的。

車子駛過白百合怒放的山丘道路。

除了獨特的「滋洛洛洛」排氣聲外，每回踩下煞車，都會發出「啾啾」聲響。

與時影的旅程，宛如從一個夢境跳躍到另一個夢境，一切都曖昧不明。
阿藤身在某處。之前在哪裡，她懵懵懂懂的。
有得吃，有得睡，但總是在不一樣的地方。
記憶只剩下碎片。
她不知道碎片與碎片之間經過了多久的時間。
過去脆弱地瓦解崩裂，感覺只擁有「現在」。

片段。
這是和室包廂。
遊女在外面的通道列隊而行。
阿藤梳著高島田髮髻，身穿桃色和服外罩，進入包廂。
當然，阿藤不知道這是哪裡。
也許是東京，也許不是。
包廂裡躺著一名平頭男子。
男子瞇眼看阿藤，開口：
「喂，我叫的是美江啊？搞什麼，這個見習生是代替美江的嗎？沒看過的臉孔，妳是新人嗎？」

說到這裡，他詫異地問：

「妳的腰上怎麼掛了一把刀？哈哈，要用刀獻藝是吧？」

男子應該是把阿藤腰間的刀當成了獻藝用的假刀吧。

「唔，好吧，先不用表演了，來幫我揉揉肩膀。」

男子脫下和服，將布滿仁王與巨鯨交戰場面的刺青背部對著阿藤。

這下方便多了，阿藤心想，迅速除下「百舌眞」的刀鞘，橫砍一刀。

男子的脖子開了個大口，血花四濺。

又是片段。

阿藤來到夜晚的漁村。目標是一個眼神陰沉的清瘦男子，穿著印有字號的短外褂，提著燈籠，在夜裡行走。

阿藤躲在大楠樹後方，流暢地抽出「百舌眞」，砍向男子的背。

「在這裡，阿藤，這裡、這裡。」

完成任務，來到約定的地點，時影就在那裡等她。

肆虐的海風、撓彎的枝椏、綠色的汽車、敞開的副駕駛座車門。
只要坐上時影的車子，她就不怕被抓。

對阿藤來說，報紙上的文字太難了，她看不懂。
她完全不明白自己的所作所爲如何震驚了社會。
不過，不論是經過警官前面，還是在開車的時候，時影完全不緊張，阿藤感到十分安心。
不要懷疑，盲目相信——時影的教導，對於從遇到他以前就過著隨波逐流人生的阿藤來說，一點都不困難。

阿藤在避暑勝地的山丘餐廳，和一身黑色燕尾服的時影一起用餐。
阿藤也穿著禮服。
擺盤賞心悅目的紅肉、色彩繽紛的蔬菜、蝦子、貝類、魚。
每一道菜，都是她生平第一次嘗到的滋味。
「十個人了。」時影說。
阿藤砍殺了十人。

對於殺人，她內心有所抗拒，卻意外地輕而易舉。那不是在與劍豪比武。那十個人直到前一秒，都萬萬想不到眼前的姑娘居然會是刺客。執行的步驟也都是時影一手安排。砍人之後，阿藤立即逃離現場。

「還有六十七個人。」

先前她覺得「七十七個人」是不可能達成的數字，如今她卻覺得總有一天有辦法做到，這是能夠實現的。

「只要一直殺下去就行了嗎？」

「沒錯，一直殺下去就行了。」

時影將帆立貝的貝柱送進口中。

「就像宰殺動物和殺魚的廚子一樣。妳還想回去嗎？」

「想。」

阿藤當場回答。

她覺得這麼天經地義的事，有什麼好問的？

儘管時影提供高級的食衣住宿，但那些對阿藤都不重要。反正都是一時的，又不是自己真的變得富有了。

最重要的是，她不想殺人。在安全的地方安心過日子，才是最好的。

「哎，反正最後回頭一看，全是一場夢。」

「我殺的是什麼人？」

「跟妳解釋，妳也不會懂。妳的優點，就是像個什麼都不懂的娃娃。疑神疑鬼，沒辦法長命。回想一下妳第一個殺的膽小鬼。他跟妳的生死，是怎麼決定的？他想東想西，妳卻是什麼都沒想，所以妳活下來了。」

「結束之後，真的會放我回去嗎？」

阿藤定定注視著時影問。

「結束之後，絕對會放妳回去。」

所以不要多嘴，殺就是了。

阿藤殺了人。

阿藤在森林裡的豪宅一室等待，見一身軍裝、佩戴洋刀的男子一走進來，就砍斷他的頭。

那是夏祭會場吧，掛著一整排燈籠，遠遠傳來神樂的笛聲與太鼓聲的河岸邊，阿藤殺了穿麻料西裝的溜肩中年男子。

目標對象有幾項共同的特徵。

幾乎都是成年男子。儘管也有例外，但感覺多半社會地位不凡。

只有一次，對方應戰了。

是某棟豪宅裡穿和服的男子。他避開阿藤的第一刀，朝她丟擲花瓶。

「誰命令妳來的！」男子大叫。「說！是意圖顛覆國家的國賊爪牙吧？」

花瓶破裂，插在瓶中的百合花散落一地。

那種事我哪知道，阿藤心想。

男子抓起裝飾在壁龕的日本刀。

但阿藤沒給男子拔刀出鞘的機會。

下一秒，「百舌眞」揮向男子的手腕，砍斷他的雙手，割斷他的咽喉。

阿藤並未經歷嚴苛的訓練。

完全是天賦異稟。

在殺人這方面，阿藤確實擁有超群絕倫的才華。

她跳出窗外，爬樹翻越圍牆，來到馬路上。

綠色車子開了過來，發出「啾啾」一聲煞住。

「漂亮、漂亮。」時影開心地笑道。「漸漸變成一幅精彩的畫作了。」

過去、現在與未來被切得零零碎碎。

日期與季節也曖昧不明。

比方說，阿藤在櫻花紛飛下殺了一名年輕人，乘上時影來迎接的車子，然而抵達下一個地點時，那裡卻是成排銀杏樹轉黃互相輝映的湖畔。

與時影一起移動，季節會在一天之內更迭。

從夏季變成冬季，從春季變成秋季。

儘管是奇異的旅程，但看著車窗外流轉的景色，不知不覺間，阿藤漸漸覺得「自己從遙遠的過去就一直如此，往後也會持續過這樣的日子直到死去。在村子裡的記憶才是幻覺」。

自己生長的村子，是否早就不存在了？

她絕對不會與時影失散。

雖然有獨處的時候，但不管走到哪裡，時影彷彿一直緊跟在她的身邊，總會突然出現，開口：「喏，去那家餐廳吧。」

名符其實，他是個影子般的男子。

沒有「逃走」這個選項。阿藤不知道一個十二歲的姑娘，身在陌生的土地，要如何逃走。就算投奔警局之類的機關，畢竟她殺了太多人，不可能無罪脫身，等著她的只有死刑。同時，她也覺得不可能逃離有如超自然存在的時影。

「三十個人了。」

時影說道。他往酒器裡倒入清酒，一口氣喝光。

這是旅館的二樓客房，兩人剛用完飯。

「妳眞是太厲害了，實在有毅力。大部分的人都會半途失手、逃走，或是心懷疑問而崩潰。」

「殺這些人有意義嗎？」

每當阿藤問時影殺人的理由，他從未正面回答。

但這次時影一反常態喝醉了，回答了她。

「這問題妳問了好幾次。是啊，姑且回答妳一次好了。若說有意義，的確是有意義，若說沒意義，也的確是沒意義。跟人生一樣。我啊，是命運的僕人。雖然我不清楚『命運』這個詞恰不恰當，不過如果要說明我服侍的主人，我也找不到其他更貼切的詞彙了。」

時影娓娓道來。

跟畫家繪圖是一樣的。我在製作命運下訂的《世界》這幅畫作。

怎麼製作？

透過殺人來製作。

妳想過嗎？

如果某人不曾存在於這個世界，會怎麼樣？

比方說，原本應該活到六十歲的人，七歲就死掉，會怎麼樣？

如此一來，他七歲以後的人生，就像煙霧般消滅，成了一場幻夢。不光是他而已，他的子孫也會一迸消滅，取而代之的是，出現新的家族。假設消滅的人是德川家康那種會影響政局的人，那麼歷史將會全面改寫。

不過，有個棘手的問題。

我無法親手殺人。

我就像個影子，無法直接出手干涉。

只有畫家一個人，是畫不出來的，需要人類這支「畫筆」。

妳就是爲了成就我的藝術的「畫筆」。

「你在繪製怎樣的畫？」

阿藤大半都聽不懂，還是這麼問。

「憑人類的智慧，無法理解這幅畫，就像毛蟲不可能理解文學。信不信由妳，但歷史就是我們獲得天啓打造出來的，此刻也在打造的過程中。而我們創造出來的事物，它的眞實樣貌，人類是看不到、碰不到，也無法理解的。」

說到這裡，時影頓時打住，咂了一下舌頭，好似後悔洩漏太多內情了。

「就快結束了，妳幹得很好。偶爾繞個路吧。」

阿藤殺的人超過七十個後，過了不久，時影這麼說。

時影把阿藤帶到某條路上。

住家沿著街道並排，玄關大門直接面對道路，每一戶周邊都擺放著盆栽，景觀雜亂，充滿生活的氣息。

一名抱著手巾包、身穿和服的年輕女子從其中一戶走出來。

「就是那個女人，殺了她。」時影命令。

「你是說眞的嗎？」

「嗯。」

阿藤從來沒有殺過年輕女性。

她抽出「百舌眞」，朝女子的背影衝過去。

揮刀的瞬間，從未有過的思緒掠過腦海。

——她還那麼年輕，會有多痛、多不甘心？

阿藤沒有揮下刀子，停在原地。

得殺了她才行。

目標對象的命不是都一樣嗎？年輕、是女性，這些只是膚淺的審美觀。死神必須平等地帶來死亡。

女子倏地回身。她的眼睛又細又長，睫毛修長。

「妳是誰？找我有事嗎？」

阿藤是個十二歲的女孩，身形比眼前的女子小了一圈。

「呃，沒有，不是……」

女子望向阿藤手中的刀，接著環顧四周，可能是發現路上沒有別人，臉色沉了下來。

阿藤嚥下口水。

「那個……方便問個問題嗎？」這是她第一次這樣問目標對象。

「好……」女子詫異地應道。

「請問，妳……」要問什麼？名字？知道名字也沒有意義。阿藤想知道的是，自己可以殺了這個人嗎？

「呃，妳結婚了嗎？」

「結婚了。家裡有四歲的兒子和一歲的女兒。恩師包了糕點給我，我正要回家。妳是……？」

女子禮貌地回答後，眼神變得嚴厲，彎下身來：

「小妹妹，妳手上拿的是什麼？是偷拿爸爸的東西嗎？」

阿藤把「百舌眞」收進刀鞘。

「打擾了。」

接著她往後跳了幾步，拉開距離，在後方女子「等一下」的呼喚聲中奔離。

阿藤跳進時影的車子裡。

「我下不了手。」阿藤從未忤逆過時影，這稱得上拚了命的反抗。

「爲什麼？」

「因爲她……」

時影說的「繞路」也讓阿藤耿耿於懷。她覺得這並非正式任務，而是出於時影個人的理由想殺的對象。

「她算在七十七人當中嗎？」

時影答應阿藤，只要她殺掉七十七個人，就放她回去。

所以，她會殺預定計畫中的七十七人，除此以外，她不會濫殺。這是她的堅持，也是她的志氣。一旦退讓，她可能會毫無底線地殺人。

有那麼一瞬間，時影神情茫然。

接著他咂了一下舌頭，思索片刻，應道：

「不算。殺那個女人，說起來就像是我給妳的禮物。唔，罷了。如果妳不想，那就算了。不過，剩下的活要好好幹。」

從未有過這種事，車子往前開去，一會後，阿藤的手開始顫抖。

怎麼會這樣？

阿藤訝異地看著抖個不停的手，心想：

由於想知道能不能殺對方，我向對方攀談。可是——這世上沒有任何一個人，是可以毫無理由地殺害的吧？

接下來，直到最後的幾個人，過程宛如地獄。

死神的畫筆終於快撐不住了。

直到下手前，阿藤全身仍不住哆嗦，眞正動手的時候雖然鎭定下來，但殺人之後又開始哆嗦，而且極度鬱悶。

當她遍體鱗傷地殺掉最後一個人——第七十七名男子時，時影說：

「妳完美地達成約定了。我並非冷血無情之人，這下妳就自由了，回去吧。」

3

村人發現阿藤神情恍惚地走在田間小路上。這是阿藤失蹤三天後的事。

阿藤回來的消息立刻傳遍了全村。

阿藤的母親帶她去城裡，讓大醫院的醫生診治。

「這三天妳跑去哪裡了？」醫生問，阿藤說：「去了很多地方。」

「『很多地方』是指……？」醫生又問：「還記得地名嗎？」

「不知道是哪裡。」阿藤回答。「我去了海邊、山的附近、有很多房子的地方，還有下雪的地方。」

「妳是這個月失蹤的吧？怎麼會下雪？」

現在是五月，若是山上或極北的地區，或許還有一些殘雪。

「有的地方楓葉變成紅色……」

醫生微笑。這太匪夷所思了。

「沒事，還有呢？妳再想想。」

阿藤說出自己曾在視野遼闊的地方，穿上洋裝，享用從未嘗過的奢侈美食。

她沒有提及自己殺了人。要是吐露這件事，她可能得在牢房裡度過餘生。

「是在山裡做了夢吧。」

受到初夏宜人的天氣吸引，在荒野迷路，然後回來了。

看到了一些幻覺。除此之外，還能有什麼解釋？

如果醫生說這是夢，那就當是夢比較好。阿藤心想，若是在夢中，殺人就不會被譴責了。

並不是說，阿藤此後就過著平靜的日子了。

變化從夜裡開始。

晚上睡覺時，阿藤的腦袋裡充斥著飛蟲的振翅聲。

不然就是被惡夢驚醒，嚇得坐起來，發現包括牆壁和紙門，整個房間都長滿眼睛，盯著自己。一會後，那些眼睛就消失了。

她覺得潛伏在村中各處的妖怪，入夜後就會跑來看看自己這個「和死神旅行的女孩」。

幻覺與幻聽持續不斷，但這種情況只發生在夏季期間，彷彿配合夏季遠離，幻覺和幻聽如退潮般逐漸平復。

夏季進入尾聲，阿藤去找村長的女兒。

村長的女兒名叫美琴，是阿藤的小學同學。

就阿藤所知，美琴有許多書，是村子裡最有學識的人。

見阿藤來訪，美琴在玄關門口問：

「我跟妳又不是很好，妳來做什麼？」

「我來玩。」阿藤回答。

「要玩什麼？」美琴納悶地歪頭。

「在房間看書。」阿藤理所當然地說。

「哦，這樣啊。那妳進來吧。」美琴帶阿藤到自己的房間。

美琴在搖椅上坐下來。

阿藤看著美琴房間裡高及天花板的書架，指頭輕觸書背，問美琴：「我可以看嗎？」美琴說：「請便。」

阿藤抽出一本。

她翻開的，是關於紡織工廠的書。

美琴目不轉睛地盯著正在看書的阿藤。

「欸，今年五月，」半晌後，美琴開口：「妳跑進山裡，忽然失蹤了，對吧？」

美琴戴上眼鏡，靠近阿藤。

「妳遇到什麼事了？」

「我不記得了。」

「是不是被男人做了奇怪的事？」

阿藤的腦海瞬間浮現時影的臉。她被逼著殺人，這確實稱得上奇怪的事。阿藤點點頭。

「痛嗎？」美琴囁嚅地問。

阿藤搖搖頭。

她說的「痛」是指……？

美琴眼鏡底下的雙眸掠過一抹光：

「那麼，那個……呃……很厲害嗎？」

「我覺得幸好沒有死掉。」阿藤說。

「就是說呢。對不起，問了奇怪的問題。我絕對不會告訴別人的。可是我想知道，眞的好想好想知道。那三天裡，妳不是自己一個人吧？沒有懷孕眞是太幸運了，可是大家都議論紛紛，那到底是怎樣的男人？」

「那就像是一個奇怪的夢。」

美琴關上窗戶和紙門，彷彿這樣就不怕被聽見，悄聲說：

「把那個奇怪的夢告訴我。」

阿藤點點頭，先聲明自己說的一切都是夢，請美琴不要想得太嚴重。既然已聲明是夢，殺人的事她也說得出口了。不過，阿藤原本就打算要說。她想聽聽村子裡最博學的少女的看法。

這年冬天，阿藤不斷造訪美琴家。

兩人坐在火盆旁，在美琴的詢問下，阿藤一次又一次述說。

「妳跟死神一起旅行呢，然後妳殺了七十七個人。」美琴沉醉地說。

「我不知道自己是不是眞的殺了七十七個人。」

現實中，既沒聽說附近山裡發現遭人刺殺的少年屍體，新聞也沒報導日本各地頻繁發生街頭砍人案。最重要的是，阿藤只失蹤短短三天，而從阿藤旅行的細節推測，她砍殺七十七個人耗費的時日，顯然長達數十日，日數完全對不上。

「不管是做夢還是編出來的，都太浪漫了！我不可能遇到這種事，但如果是阿藤妳，是有可能遇上這種奇妙遭遇的。該怎麼說，因爲妳有些欠缺理性。可是，最後怎麼樣了？」

「不知不覺間，我一個人走在回村子的路上。」

「妳經歷了那趟旅行，眞是太好了。」美琴說。「妳變了許多，變得很有意思。以前的妳，不管老師問什麼，都只會笑咪咪地不說話，而且別人叫妳偷東西妳就偷，還傻笑著讓男生看妳的下體，腦袋空到讓人羨慕。」

「那現在呢？」

「妳那是會思考的人的神情。」

或許確實如此。阿藤現在有了好奇心，會深入思考各種事。

美琴饒富興味地說：

「以後妳會變得更多吧。畢竟人就是不斷變化的生物。」

如同美琴的預言，阿藤一升上高等小學校，就像從漫長的沉睡中清醒過來，成了一名知性明理的女子。她宛若一塊海綿，不斷吸收知識，成績突飛猛進。

然後，她得了刀刃恐懼症。

只要看到模擬刀之類的東西，她就會反射性地全身冒汗，呼吸困難。連烹飪用的菜刀她也害怕。

沒多久，大正時代告終，進入昭和時代。

一滿十七歲，阿藤便隻身前往東京。

人力車經過路面電車旁邊。

反正是長子繼承家業，而且待在那座村子，無法指望會有什麼好姻緣。

美琴也離開村子，進了東京的女子學校。

東京仍在努力從大震災中復興，到處都是倒塌的房屋和瓦礫山。上一場世界大戰帶來的好景氣不復存在，逐漸邁向大恐慌時代。

不知不覺間，阿藤和美琴成爲莫逆之交。

她們會去彼此的住處作客、喝茶，或結伴外出遊玩。

就在這時，報紙上出現一則報導。

報導中寫著，某財閥的公子在輕井澤的別墅遇襲身亡。

沒有目擊者，也沒有現金等財物失竊的痕跡，凶手的來歷成謎。從傷口來看，應該是被一把長刀從背後砍殺。

看到那則報導時，阿藤腦中浮現白色燕尾服男子搓揉她胸部的情景。

難道自己的那些體驗是真的？

不知道。

實際上，那起命案發生時，阿藤在超級市場的結帳櫃檯工作，這是不可能推翻的事實。

假設這起命案的凶手真的是自己——阿藤思忖。

表示時影的車子是穿越時空四處旅行吧。確實，當時季節眼花繚亂地變換著。

後來，報紙上零星出現凶手不明的砍殺命案報導，但阿藤盡量避開，不去關心。

到頭來，只能繼續抓住「那是一場『夢』」這種解釋，否則她沒辦法維持日常生活。

4

某個假日，阿藤坐在櫻花盛開的河堤上。

周圍擠滿賞花客，十分熱鬧。

這時，上游有個小男孩從堤防跌進河裡，被水沖走了。

一起玩的孩童發出尖叫，但父母還沉浸在賞花宴中，渾然不覺。

阿藤連忙跳進河裡。以往每到夏季，她都會在故鄉的河裡游泳，對泳技有自信。

然而，不愧是四月天的河水，實際跳入河裡，阿藤只覺得冰冷刺骨。櫻瓣覆滿了整個河面。

河水並不深。阿藤划水前進，不經意地往旁邊一看，一名青年和她一樣跳下水救人。對方是身材高壯的男子。

「一起把他拉上去吧。」青年說。

很快地，小男孩漂過來了。阿藤攔住他，卻不小心失去平衡，青年連忙扶住她。

「快，過來這邊。不過，居然比我更快跳進冰冷的河水，妳這姑娘也太大膽了。」

青年笑道。

明明泡在冰冷的水裡，同樣浸濕了褲子的青年卻笑著這麼說，感覺像在和她嬉戲。

兩人一起將小男孩拉上岸，他的家人連忙過來。小男孩沒事，只是喝了一點水而已。

小男孩的父母再三向渾身濕透的兩人行禮。

「如果不嫌棄，請兩位烘乾衣服再走吧，我們家開的糕餅店就在附近。」

青年笑著對阿藤悄聲說：

「好機會，或許可以吃到免費羊羹？」

阿藤開心地笑了。她喜歡上這個人了。

由於這樣的機緣，兩人開始交往。

在櫻花河畔認識的青年名叫桑本誠。

當時桑本二十七歲，阿藤二十歲。桑本在貿易公司上班。

和桑本在一起，不管遇到什麼事阿藤都很快樂。

即使被傾盆大雨淋濕，她也覺得是「上天爲我們安排的樂趣橫生的狀況」。平時毫無感覺的音樂也是，若是桑本約她一起去聽音樂會，就成爲妝點青春年華的獨一無二的寶貴經歷。

那是一場火熱的戀情。兩人互相吸引，一次又一次見面，共度時光。

至今阿藤從未如此深愛一名異性。

桑本誠的一切都那麼完美。不管是他的外表、聲音、言行舉止、應對進退，都讓人愛憐不已。

然而，在櫻花河畔相遇幾個月後，桑本誠向阿藤提出分手。

「阿藤小姐，我必須結婚了。」

「對方是誰！」

「我們公司的社長千金。」

阿藤十分困惑。

桑本說，社長千金還小的時候，他曾擔任她的家教，極得她的喜愛。

與社長千金結婚，絕對不是爲了前途，只是我們家與社長一家是世交，我又蒙受社長多方關照，拒絕這門婚事，有違道義，也會影響我在公司的立場——桑本如此解釋。

「可是，我不想跟誠先生分手。」

兩人互稱「阿藤小姐」、「誠先生」。

「我也是。」桑本緊緊抱住阿藤。「和阿藤小姐在一起，我覺得更自在、更安心。社長家的人愛裝模作樣、故作高貴，眞的令人疲倦。我甚至想過，乾脆和阿藤小姐殉情好了。雖然也可以讓阿藤小姐做妾……但這樣太對不起妳了。」

「這樣就好了！與其跟誠先生分手，我情願做小妾。」

造訪阿藤住處的美琴聽到這件事，傻眼地勸阻：

「做小妾？我眞是看錯妳了。小藤，妳清醒點好嗎？」

當時，擁有地位和財力的男子除了正室以外，有三妻四妾並不稀奇，也不會受到社會輿論多大的批評。小妾也能生孩子，拿到養育費，若是正室死了，不是沒有機會被扶正。

「妳的對象不就是個上班族嗎？」

美琴認爲，不論在倫理上，或是身爲女人的人生選項，給人做妾絕對不是好出路。

「而且，妳就不能想想他太太會是怎樣的感受嗎？」

「我又沒見過社長千金，怎麼可能知道她有什麼感受？」阿藤說。

「妳應該是個更貞誠、更能體諒他人的人。」

「我才不是。我可是殺了七十七個人的殺人魔。」

「世上有那麼多男人，何必執著於他？」

「世上沒有人跟誠先生一樣好。」

「那個男的肯定會活到七十歲，而他太太會活到八十歲。對了，小妾沒有繼承權喔。」

「無所謂，我又不是爲了錢才跟他在一起。」阿藤雙眼發亮，抬頭挺胸地說：「我要安慰被迫跟不喜歡的女人結婚的誠先生，堅定地支持他。」

然後，桑本和社長千金結婚了。

當然，阿藤沒有被邀請參加婚禮，後來她爲了看一眼心愛的男人的結婚對象到底是什麼模樣，在他們新居附近徘徊，遠遠地看見桑本的妻子。

不管是那張臉還是身形，阿藤都有印象。

那雙細長的眼睛。

是在哪裡看到的？在夢裡。對了，就是那條巷子。

——妳是誰？找我有事嗎？

是時影繞路要她斬殺、她卻下不了手的女人。

——說起來，這就像是我給妳的禮物。

死神的聲音在腦海復甦，阿藤全身直冒冷汗。

桑本的妻子在庭院晾完衣物，和牽著狗經過的大嬸閒聊起來。

阿藤雙腳發顫，悄悄離開。

如果那時候我殺了那個女的。

身為小妾的我，就會是正室了嗎？

原來是這個意思嗎？死神看透一切，命我動手。確實，這是為達目的不擇手段的時影風格的「禮物」。

但我下不了手，幸好沒有下手。

即使重回那一刻，我還是下不了手吧。當時那女人是怎麼說的？

——家裡有四歲的兒子和一歲的女兒。

想著想著，阿藤對桑本的愛意逐漸消退。

社長千金早晚會為桑本生下兩個孩子。

桑本並非與自己共度人生的命定之人，阿藤心中愈來愈篤定。

阿藤單方面地向桑本誠宣告解除關係。

她變成孤單一人。雖然並非毫無留戀，但她哭著不斷低喃：這樣就好了。

翌年，阿藤結婚了。

對方名叫山田松太郎，大她四歲，在印刷廠上班。

結婚隔年阿藤就懷孕了。第一胎是女孩。

阿藤抱著命名為「杏」的女兒，暗暗想著：

——如果我沒跟誠先生分手，就不會有這個小生命了。

阿藤抱著杏，確信自己沒有錯。她讓這個小巧可愛的生命誕生在世上了。光是這樣，和桑本分手就有了意義。

杏出生兩年後，阿藤生下一個男孩，命名為清一郎。

阿藤二十八歲那年，德軍攻入波蘭。

後世稱為第二次世界大戰的戰爭爆發了。

沒多久，日本有一名政治家和數名陸軍高層遭到暗殺。

他們全是參戰派的中心人物，一般推測，應該是意圖阻止日本參戰的敵國刺客所爲。

後來成立的米內內閣，對戰事態度消極，向日德義三國同盟主張：

「我國不應爲德國火中取栗。」

國內的輿論分成兩派，但由於參戰派的領袖死亡，海軍山本五十六等人認爲德國太遙遠，又擔憂與英美的關係惡化，反對三國同盟，最後**日本並未加入同盟，沒有參戰**。

一九四五年三月。

採買完走在回家的路上，阿藤聽見懷念的「滋洛洛洛洛」引擎聲，不禁停下腳步。

她全身冒著冷汗。

綠色車子停在阿藤身旁。仔細一看，幽幽發光的那輛車，造型與時代有些脫節。

「喂，是我。」

時影從駕駛座探出頭來。距離最後一次見面已超過二十年，他的語氣卻如此親暱。

時影的容貌如同二十幾年前，完全沒變。

「你、你是……」阿藤瞪大雙眼。

「阿藤，妳全都忘了嗎？」

「怎麼可能忘……」

「嗯，妳還記得啊，太好了。表情別那麼可怕，妳的任務已完美結束。沒什麼啦，我開車經過街上，忽然看到妳，想跟妳打聲招呼而已。」

比起十二歲那時候，阿藤的外貌應該有相當大的變化，但時影是超越常理的存在，或許能輕易辨認出來。

「你、你這樣我很困擾。」

「別這麼說，既然妳還記得我，帶妳去看樣東西好了。別怕，我不會害妳的，馬上就帶妳回來，上車吧。」

阿藤坐上副駕駛座。

好懷念。她想起十二歲那時候，自己只是靠著這張座椅的椅背，把「百舌眞」擱在腿上，糊里糊塗地隨著車身搖晃。

時影踩下油門，車子發出「滋洛洛洛」聲往前駛去。

以前的汽車是用木炭當燃料，最近都改用汽油了。這輛車子的燃料是什麼？從來沒看過時影添加燃料。

車子開了一會，周圍的房屋和建築物無聲無息地消失。

四下短暫變暗，光線再次透進來時，眼前直到地平線盡頭，都是一片焦土。

時影停下車子，開門下車。

阿藤也下了車。

天空灰濛濛的，也許是受到瓦礫山的粉塵影響。

這是東京嗎？現下是什麼狀況？看起來像大地震之後，但感覺有些不同。到底是何時、又是爲何會變成這副景象？

從來沒見過的巨大飛機飛過灰色天空，丟下許多炸彈。

炸彈掉落的地方噴出黑煙和火柱。

「那是燒夷彈。」

路邊堆著焦黑的屍體。

看不到任何活物。

焦黑的電線桿上標示著「城東區」。

「之前不是說過，我在創造藝術嗎？」

阿藤點點頭。

「眼前妳看到的，和妳所在的今天一樣，是一九四五年的東京，不過是另一個一九四五年。如果妳沒有幫忙完成我的藝術，東京就會是這副模樣。妳殺的七十七個人當中，大半是把日本導向這次世界大戰的人。」

時影再次一字一句地緩緩說道：

「因爲妳殺了那些人，眼前這幕景象才沒有成眞。」

沒有成眞。阿藤看著眼前堆積如山的焦屍，重複這句話。

「好了，除了這幕景象之外，還有一樣東西想讓妳瞧瞧。其實，『沒有遇到我的妳』就在附近。另一個妳，和現在的妳一樣，來到東京，然後『抱著兩個孩子，剛走出防空壕就被燒夷彈燒死了』。喏，倒在那裡的就是『妳』。」

阿藤順著時影指的方向望去。

布滿瓦礫的路邊，倒著一個焦黑得連面貌都無法辨認的大人，以及兩小團差不多已炭化的東西。

阿藤忍不住雙手合十。

那個人——是我？

踏上另一段人生的我。

好半晌，阿藤茫然佇立。

「未來總是充滿變數。不論怎麼計畫安排，除非到了當下，否則不會知道一切是否眞的照著期望走。但我描繪的一九四五年確實到來了，現在算是顏料乾掉的時候吧。」

阿藤無法將目光從燒焦的自己身上移開。

「好了，送妳回原地吧。」

阿藤和時影上了車。

車子再次往前駛去。

「只要怎麼做，未來就會變成怎麼樣，或是發生什麼事，一切你都瞭若指掌嗎？就像神明一樣？」阿藤問。

「這個嘛，不到全部，但大部分都知道。」

「請告訴我一件事。」

「看妳要問什麼。」

「我還是你的『畫筆』的時候，如果我殺了桑本誠的妻子，現在的我會是幸福的嗎？」

時影嘆了口氣：

「『現在』的妳，是指這裡的妳嗎？如果當時妳那麼做，這裡的妳根本不會存在，遑論幸福。不過……是啊，如果妳當時下手了，『另一個世界的另一個妳』，已是那個男人的正室，但幸不幸福我不知道，畢竟我不是妳。有些女人在家務中找到幸福，有些女人會覺得不幸，灰心喪志。這些我不懂。」

「喔……」

是這樣嗎？阿藤思忖。

「我用『人』來描繪世界，而每個人都懷抱自己的想法在描繪人生、打造世界。妳的選擇，讓這個世界出現了新的子子孫孫。對妳來說，這應該是無法取代的事物。我言盡於此。再說一次，即使有過後悔和失敗，但沒有經歷過那些事，甚至不會有現在的妳。」

未選擇的道路，不應掛懷。

一陣沉默之後，阿藤開口：

「他會打人。」

家醜不可外揚、主婦吐什麼苦水，未免太不像話——這些想法一晃而過，嘴巴不由自主地動了起來。

山田松太郎會打人。

「他喝醉酒回家，就會動手打我，不管我做什麼，他都會打我，說我囂張，還說我沒有教好孩子，連孩子都打。他甚至把在外頭搞上的女人帶回家，開開心心地吃晚飯，還命令我煮飯服侍他們。」

時影默默握著方向盤。

「他說會疏忽家事，不准我跟朋友聯絡。」

阿藤很想找人訴苦，但松太郎禁止她跟同鄉好姊妹美琴往來。理由是「我看不順眼那女的」。從很久以前開始，美琴就以女權運動家的身分為婦女雜誌撰寫文章。美琴簡直就是松太郎的天敵。

「今天回去之後，一定也……」

會被他罵太晚回家、在外面鬼混什麼，然後挨揍。

阿藤忽然對自己吐出的怨言感到羞恥，努力開朗地說：

「可是，我的煩惱太奢侈了。想想自己做過的事，」自己殺了七十七個人，「還有今天看到的另一個自己的命運，」那具炭化的屍體，「我發覺現在的自己實在太幸福了，心裡好過許多。」

時影點點頭：

「換成是以前的妳，應該早就一刀砍下去了。」

「這不是『夢』，沒辦法這麼做。」阿藤笑道。「而且我連在『夢』裡，也沒有一次是懷著明確的目的殺人。」

那個時候，她懵懵懂懂的，只是被動地去做時影吩咐的事。她不曾爲了自己的目的主動殺人。

「這樣啊。不過，眞的很簡單。」時影喃喃地說：「那個時代沒有人辦得到的事——純潔無垢的妳辦到了。妳不再純潔無垢，但別的畫筆……」

時影說到這裡，頓時打住。

四下轉暗，再次變得明亮時，焦土又變成了東京的老街景。

未曾遭受空襲的這個世界，保留許多明治時期的建築物。雖然街景風情獨具，但對阿藤來說，這是理所當然的景色，並未引發特別的感慨。

「你還在創作藝術嗎？」

「嗯，用新的畫筆。直到自身消滅之前，我都會不斷創作藝術。這是我的命運。」

啾啾，煞車聲響起。

「這應該是我們最後一次見面了，保重。」

車子停在家門前。

阿藤下車後，回頭一看，時影的車已消失不見。遙遠的彼方隱約傳來「滋洛洛洛」的聲響。

「夢」離去了。

阿藤拎著購物袋，深呼吸後打開玄關大門。十一歲的女兒杏和弟弟清一郎跑出來迎接。

「媽媽回來了！」

她放下購物袋，抱緊女兒和兒子。

這裡是有你們兩個的世界。

是無可取代、獨一無二的世界。

「怎麼這麼慢！」

屋內傳來松太郎殺氣騰騰的怒吼。

他凶神惡煞般蹬地走來，搧了阿藤的腦門一掌。

「跑去哪裡摸魚了！啊？誰准妳這麼混的！」

隔天傍晚，阿藤接到電話。

是警方打來的。

阿藤緊緊握住黑色電話的話筒。
聽著警官告知的消息，膝蓋不停顫抖。
阿藤放下話筒。
警方說是遇上隨機殺人犯。
得馬上趕去醫院才行。
死神的聲音在耳邊迴響。
——妳不再純潔無垢，但別的畫筆……時影說到這裡忽然打住，但他原本應該是要說：「會爲妳畫圖。」
丈夫會撐到我抵達醫院嗎？恐怕沒辦法。而且砍殺丈夫的凶手，一定不會落網吧——阿藤心想。
遠方那輛車子的副駕駛座上，純潔無垢的某人擦去「百舌眞」刀身上的血，接著車子駛向下一個應死之人的所在地。
瞬間，阿藤被深沉的黑暗籠罩，全身虛軟跪倒在地上，但她像是做過幾十回相同的動作，很快地扶牆起身，準備前往醫院。

十二月的惡魔

我走在冬季的街道上。

饑腸轆轆。

仰望灰黑色的天空。剛過中午，天色卻陰暗得古怪。

宛如複製品的白色房子綿延不絕。這是一座無機質的城鎮。

路上積著一層薄薄的雪。

馬路轉角處有一棵掛著燈飾的杉樹，散發出紅綠相間的光亮。

我察覺影男的視線，回過頭去。

背後的路上空無一人。

「不要看！不要跟來！」

我對著無人的馬路叫道。

一轉向前方，影男就出現在背後。飛快地回頭，他就消失不見。再次轉回前方，他又出現在背後——我有這種感覺。

我不清楚自己究竟是怎麼回事。

年輕時我被警察抓過。在惡夢般的人生湍流擺布下，不知不覺間我被丟進監獄。我服刑了相當長的一段時間，出獄的時候已是老人。後來，幾年過去——我不是很確定，但我現在大概七十歲左右。

我經常夢到被宣判死刑，等待行刑的情景。

我一直待在只有一坪大的房間裡，刑務官闖進來，要把我抓去行刑——通常這時我就嚇醒了。

我不記得去年自己在做什麼，也不知道自己現下怎麼會在這裡。我沒有家人，也沒有朋友。

因爲影男吃掉了我的心。

影男有時會爲我吃掉屈辱、挫敗的記憶，或是自殺衝動之類討厭的東西，但有時也會吃掉我生存的熱情、積極向前的能量和幸福的回憶。

影男全身漆黑，咂舌舔嘴地悄悄逼近。

「我看到了嗎？」

我喃喃自語。

「我看到影男了嗎？沒有。那麼，這一切都只是我的想像。」

一名西裝男子從馬路轉角處冒出來。

他的頭頂無毛，眉毛是白色的，灰色西裝外面罩著黑色皮革大衣。

男子搖搖晃晃，步伐不穩，我警覺地停下腳步。
男子行經的潔白路面上，留下斑斑血跡。
我定睛觀察西裝男。
他的腹部被血染成一片深紅。
「快逃……」男子對我說。
「咦？」
「快逃、快逃！不能待在這裡，他們滿口謊言，不要被騙了。快點離開這裡！」
西裝男子倒在地上。
我跑到他身旁，問道：
「你、你還好嗎？呃，你的肚子，難道你挨刀了？不……」
西裝男沒有開口。他淚水盈眶，全身微微顫抖著。
這下——傷腦筋了。
我突然感到極度害怕，匆匆離開現場。
走了一會，我不禁心生疑惑。
我本來要去哪裡？

不知道。

等一下，先冷靜想一想。

我是不是正要回家？

沒錯，一定是的。

那麼，我家在哪個方向？

這個十字路口非常安靜。

眼前的路都很陌生。每一條路旁都林立著外觀相同的白色房屋。

我完全不曉得自己的家在哪裡，但杵在這裡也沒用。

我隨便選了一條路，快步往前走。

剛才那西裝男子說的話，令我無端焦慮起來。

走出住宅區以後，不知不覺間腳下變成了山路。是一條寬闊的路。

我踩過雪地，發出沙沙聲響。

天色逐漸轉暗之際，我在森林裡發現一戶人家。

我搖搖晃晃地走到那戶人家的玄關大門前。

按下門鈴。

我想求救。希望對方給我一點吃的，讓我取個暖。

沒有人應門。

喂～！我試著大聲叫喚。

可能沒有人在。

我抓住門把，意外地可以轉動。門打開了。

屋子裡一片黑暗。

我按下牆上的開關，打開室內的照明。

眼前是約七坪半的客廳。

看上去很整潔，平時應該都會打掃。

先待在這裡，等到住戶回來吧。然後道歉，說明我擅自闖進來的理由。

查看冰箱，有一些食材。我拿出蘋果汁，倒進杯子裡喝了。

角落有暖爐，前面堆著木柴。

有沙發，有人造皮草毛毯。書架上擺著書。

我燒起柴火，等待屋主歸來，不知不覺間在沙發上打盹睡著了。

「喀噹」一聲。

我頓時驚醒，環顧屋內。

只見後方兩公尺處站著一名女子。

女子穿著牛仔褲和毛衣，雙眼瞪得老大。

外表很年輕，年紀大約在十五歲到二十五歲之間。

「你是誰？」女人問。

想必她是這戶人家的人。

「抱歉，不，晚——啊……」

我想要搬出預備好的說詞，卻說得支離破碎。

女子直盯著我，我一陣心虛。

我從沙發滑下地板，當場下跪。我只能這麼做了。

「對不起！我在外面迷路，就快凍死了，發現門沒鎖，所以……如果妳要報警，我就……呃……」

上方落下一道聲音：

「你、你這麼突然，想幹麼？你的家呢？」

我搖搖頭。回不去自己的家，實在太羞恥了。

「你是逃到這裡來的嗎？」女子問。

我抬起頭，淚水溢出眼眶。我是逃到這裡來的嗎？

我想起流血的西裝男子。

——快逃！離開這裡！

「對，大概吧，我大概是逃過來的。」

「那麼，你把頭抬起來。」

我依言抬頭。

女子叫我坐回沙發。

「我也是逃到這裡來的。這裡不是我家，所以我沒有權利要你離開。還有，這裡沒有警察。要是打電話報警，惡魔會找上門來。」

惡魔？

「這一戶的人呢？」

「屋主是一個姓小林的叔叔，三十三歲，從事藝術相關工作。喏，那邊的牆上不是掛著畫嗎？他說是他畫的。」

我按照女子說的望向牆壁。

那是一副抽象的油畫。

「還有，他似乎也在爲美術雜誌寫文章。十天前我逃到這裡，小林叔叔收留了我，就像老先生你現在這樣。」

「那小林先生呢？」

「不知道。前天他出門以後，就沒再回來。剛剛我還以爲是小林叔叔回來了。」

「這樣啊。」

「所以，放輕鬆吧。」

女子伸出藏在身後的手。她握著一把刀。

「如果來的是惡魔，我打算殺掉它。不過，看樣子來的是自己人。」

女子把刀子放到桌上，我鬆了一口氣。

「你餓了嗎？」

「餓了。」

女子爲我煮了義大利麵。

我埋頭拚命地吃。吃完後，身體總算暖和起來。

「妳說的惡魔，呃……是指什麼？」

「老先生，你覺得山腳的城鎮是什麼用途？」女子說。

是我原本待的城鎮。

「不知道。」

「是位在地獄某處的城鎮。」

我心頭一驚。

「地獄某處？」

「老先生，你記得過去的事嗎？」

「不，不太記得，總覺得記憶東缺一塊西缺一塊……很多事情都不記得了，像是我怎麼會來到這座城鎮。」

「那麼，一年前你在做什麼，還記得嗎？」

「不記得。」

「一星期前呢？」

「也不記得。」

我眞是沒用，眼淚都快掉下來了。我只記得自己蹲了十幾年的苦窯，甚至更久，但我認爲現在最好先別說。

「小姐……」

「別叫我小姐。我是小茜，叫我小茜吧。」女子說。「我也不記得自己去年在做什麼。我應該在山腳的城鎮待了好一陣子。在那全是同一個模子印出來的白色房子的住宅區。可是，我沒有自己在那裡生長的記憶。那麼，我是在哪裡出生的？我想不起自己家鄉的地名。小學的同學，連一個都不記得。小時候讀過的書，連一本都想不起來。而且情況日益惡化，記憶一點一滴地流失。」

「看來妳也遇到了影男。」我深深點頭。

影男？小茜一臉疑惑地反問，我說明那是一種像妖怪的東西，會吃掉人的記憶。

「你的想法眞有趣，搞不好眞的就是這樣。換句話說，影男就是惡魔。老先生，你叫什麼名字？」

「抱歉，還沒有自我介紹，我叫神樂坂隆史。」

「神樂坂先生，請多指教。稱呼你『老先生』會不會太失禮？」

「不會，實際上我的年紀都可以當妳爺爺了。雖然我內心的年齡更年輕。」

小茜煮了開水，沖了兩杯即溶咖啡。

暖爐裡，燃燒的木柴劈啪作響。

「這裡的屋主小林叔叔發現了很多事，惡魔的事也是他告訴我的。神樂坂先生，你知道活屍嗎？那是會走路的屍體，也會模仿人生前的行動，搖搖晃晃地跑去購物中心之類的地方。」

「我知道。」

雖然不是很清楚，但我大概知道那是會搖搖晃晃行走的屍體，是一種怪物。

「這座城鎮的居民，幾乎都處在活屍狀態。鎮裡的人都會去類似公司的地方，但他們只是聽從命令，不停做著單純的工作。他們用保鮮膜把一塊石頭包起來，然後把包好的石頭放進箱子裡，再去撿新的石頭，類似這樣的工作。爲什麼自己在做這種事？爲什麼自己非做這種事不可？不會有任何疑問，他們已放棄思考。有些人不工作，只是毫無意義地晃來晃去。不停繞著屋子，休息，又繼續繞行，休息，但本人絲毫不認爲自己是在重複無意義的行爲，浪費時間。每個人都瘋了。對於這種情形，你有什麼看法？還是，奇怪的人是我？」

「妳不奇怪，我認爲妳說得很對。我之前恐怕也是在山腳的城鎮過著那樣的生活。雖然我記不清楚了，但我就只是毫不思考地虛度時光。」

「小林叔叔說，那是因爲有邪惡的魔法在作用。惡魔讓人變得有氣無力，剝奪人們的記憶，讓他們錯覺人生就是如此。明明虛擲光陰直到死去，才不叫眞正的人生。」

「忽然想到，我跑來這裡，小林先生不會生氣嗎？」

「應該不會。他也接納了我，你們一定會處得很好的。」

不對，我心想。那是因爲妳是年輕女人。世人——尤其是男人，對待妳和我的態度是截然不同的。然而，我沒有說出口。

「說到惡魔，小林先生……怎麼沒有被魔法支配？」

「小林叔叔說，起初他也受到操縱，但透過畫圖，他不斷探索自己的內在，於是魔法忽然解除。他發現居民是被惡魔操縱了，所以才能擺脫惡魔的支配，看清許多事。」

小林叔叔……小茜說：

「他一直沒回來，所以——也許是遇害了。」

我們沉默片刻。

我喝了咖啡，看看時鐘，十點半。窗外正在下雪，我痛切感受到有遮風蔽雨的屋子多麼令人感激。

「妳看過惡魔嗎？」

「當然看過。」

小茜小聲回答。

我原本住在其中一幢潔白的房屋。

某天半夜，戶外傳來叫喊聲，我醒了過來。
還有怒吼聲和笑聲。
我悄悄離開家門。
從我家拐彎過去，是一座廣場，我在那裡目睹難以置信的景象。
有三隻惡魔在那裡。
一個大叔被綁起來，三隻惡魔邊笑邊踢打他。
最後大叔被丟進汽油桶，淋上汽油燒死了。
火焰將三隻惡魔的影子投射在牆上，顯得非常巨大。
萬一被發現，我也會死得很慘。我這麼想，慌忙躲回家。
隔天我去廣場查看，卻空無一物。
我走到昨晚看到汽油桶的地方，雖然桶子不見了，但確實留下了血跡和焦痕。
所以我相信那不是夢。
這時我終於醒悟，非逃離這裡不可。那是幾天前的事。
「我再也不會屈服，不會上當。我要挺身對抗，贏得勝利。」
我茫然看著小茜。

好耀眼。

啊，這女孩太年輕了，而且又堅強。

好久沒有這種感受了，純粹的贊賞之情湧上我的心頭。

「你怎麼哭了？」

「沒事，總覺得好欣慰。既然如此，我也要對抗。」我抹去淚水，由衷說道。

「那麼，神樂坂先生，我們是同志了。」

小茜握拳，慢慢地朝我伸來。我不知道該怎麼回應，默默無語。

「你也要握拳啊。然後像這樣，拳頭碰拳頭。這叫碰拳。」

我照著她的話做。這是年輕人之間流行的手勢吧。

拳頭相碰，小茜點點頭說「碰拳」。「反抗組織成立。」

這天晚上，我泡完澡後，小茜領我上去二樓。她帶我到有窗戶和床鋪的房間。

「我睡在一樓的暖爐旁邊。」小茜說。

「可是，這樣太過意不去了……」

小茜關上了門。

我望向窗外，沒有人。底下積著雪，跳下去就能離開。

爲了應付緊急狀況，我先把行李收拾好。

打開房間角落的書桌抽屜，裡面有一把刀。以防萬一，我把刀收進包包裡。

被子好暖、好舒服，眞的有幾十年沒有這樣迎接夜晚了。和一個不排斥我的、活生生的女子暢談。久違地與人交談，讓我的心柔軟許多。

我幾乎死了一半。我是一具行屍走肉。但這一天，我終於掬起了內在還存活的部分。

一幕影像驀地浮現腦海。

是兒時的我自己。父親、母親，聖誕節蛋糕。房間角落的聖誕樹。以亮晶晶的包裝紙包裹的禮物。

這段記憶被神聖的光芒籠罩。

我淚濕了眼眶。

那個時候，我有著無限的未來。

我好愛大家。當時吹著又甜又柔軟、好香好舒服的風，整個世界都在發亮。

不知不覺間，我開始祈禱。

影男啊，惡魔啊，請不要從我這個老頭身上奪走這段記憶！

早上，樓下傳來東西打翻的聲響。

接著是低沉的吼叫聲、用力蹬地的腳步聲、東西砸在牆上的聲響。

我從床上跳了起來。起初我猜想是屋主小林先生回來了，但似乎不是。

——給我乖乖待著，這個臭婊子！

——不要碰我！不要碰我！

小茜的喊叫聲傳來。

有人闖進屋內，小茜似乎正一個人奮戰。

我是個人渣。我從來沒有像現在這樣深刻體認到這個事實。

我驚慌失措，迅速穿上衣服，打開窗戶，沿著屋頂跳到樹上，再從樹上跳到剛形成的積雪上。

屋子裡傳來慘叫聲。

我的腦中盤旋著不戰而逃的理由。我是在尋找時機，我並不是拋棄了小茜，這是爲了爭取思考的時間。

我是個老頭子，手腳都不中用了，就算跑過去，也幫不了小茜——反而只會落得兩個人一起被收拾的下場。

兩、三個小時過去了。
我吐出白色的氣息，走在陌生的路上。
逃離時我在附近的倉庫找到長靴，隨即穿上。
我能夠做的，就是離開這座城鎮，把惡魔的存在告訴世人，也可以寫信給東京的電視台。
我在清晨的森林裡，發現一隻靴子。
附近有大片血泊。
我不知道發生過什麼事，導致一隻靴子脫落，雪地上殘留大量鮮血。
很快地，我走到路的盡頭。
前方被一堵高達數十公尺的高牆所阻隔。
牆壁無止境地往左右延伸。
這座城鎮——被高牆圍繞。我們八成是被關起來了。

「神樂坂先生……」
背後傳來叫喚聲。
回頭一看，是兩個男人，都穿著深藍色衣服，戴深藍色帽子。

一個很高，另一個很矮。高個子看著像平板電腦的電子儀器，我覺得很像叫ｉ什麼的產品，但那個叫ｉ什麼的產品有哪些功能、又能用在哪些情況，我並不清楚。連大家通常都用電腦做些什麼，我都不知道。

「前澤兄，怎麼樣？」

「對，沒錯，他就是神樂坂。喏，勝間，你自己看。」

高個子——前澤，向矮個子——勝間出示平板電腦螢幕。

勝間點點頭。

看情況，螢幕上想必顯示了我的照片。

「神樂坂先生，跟我們回去吧。」

我定睛注視著兩人。

很年輕，看上去二十五歲到三十五歲左右。

「我不會上當，也不會再被你們操縱了。你們是惡魔。」

我鼓起勇氣說。

「神樂坂先生，請冷靜。」勝間伸出雙手。「我們必須把你帶回去。」

「我不要！你們走開！」

「請乖乖聽我們的話，這是爲你好。」

「好了啦，勝間，不用叫這種××『先生』啦。隨便把他打個半死，綁起來帶回去吧。死掉就死掉，少一隻××，也算是造福社會。」前澤冷笑著說。

「就跟你說不能這樣講話了，要是被圍牆外面的人聽到，你要怎麼負責？搞不好會吃上官司。」勝間語帶責怪。

「誰會告我們？誰來告？這傢伙沒有家人，所以沒有人來探訪。就算他死掉了，醫療小組也會隨便寫上器官衰竭之類的死因結案，沒事的。」

「神樂坂先生，」勝間不理會前澤，對我說道：「我們帶你走之前，你有權利接受『說明』，你要聽嗎？」

「你說明啊！這是什麼地方？爲什麼會有那道高牆？山腳的城鎮是什麼用途？你們是什麼人？」

「還問什麼問。」前澤唾棄地說。

勝間依然一臉嚴肅，回答：

「這是你生活的地方。你的指定住所位在市區的A22地區，原則上，你不能走出這道圍牆。」

「簡直就像監獄。因爲我是受刑人嗎？可是我早就服完刑了，我是自由的。我知道你們是惡魔，你們對我們這些鎮民洗腦，奪走我們的記憶，把我們當成家畜。」

前澤和勝間面面相覷。

「這老頭很清楚嘛。沒錯，我們是惡魔呦。我們奪走你們的記憶，把你們當成家畜呦。喏，勝間，這老頭的履歷表。」

前澤給勝間看平板電腦螢幕。

勝間看了螢幕數秒後，說：

「你記得自己爲什麼入獄嗎？」

我想要回答勝間的問題。

可是我答不出來。我應該是殺了人——然而，我不知道自己殺了誰、殺了幾個人，其實也完全沒有殺人的記憶。

「忘記了。你說說，我做了什麼？」

「以前——你讀國中的時候，有個叫石原的同學，你遭到他嚴重的霸凌。」勝間說。

「石原？」

我的喉嚨發出走調的怪聲。

石原。啊，記憶回來了。石原剛是嗎？那是久遠的過去，幾乎就像異世界發生的事了。石原是個卑鄙又殘忍的小人，而且他還煽動眾人，奪走我的青春。

被踐踏的書包，永無終日的金錢勒索。在眾人面前拿我當笑話，在放學後對我拳打腳踢。

「國中畢業後，你從高中退學了，沒有好好找工作，加入了非法政治組織，在家中偷偷製造炸彈，準備發動『革命』。三十歲那年，你在街上看見帶著妻兒的石原，他沒有認出你。石原看起來很幸福，你跟蹤他，把自己做的炸彈裝在他住的公寓，把他們一家人都炸死了。」

我眨了眨眼睛。

記憶的碎片——我站在大樓屋頂，看著乳白色的公寓窗戶被炸飛，玻璃碎片散落一地。強烈的亢奮與罪惡感幾乎令我昏厥，我沉浸在彷彿成了特別的存在的感慨中。

勝間看著平板電腦螢幕，公事公辦、不帶情感地說：

「這是你的審判紀錄的內容：『國中的時候，我遭到石原霸凌，人生全毀了，我恨他。』你是這麼主張的，想起來了嗎？」

我答不出話。雖然記不得全部，但殘留的記憶碎片告訴我，勝間說的是事實。

「你被判處死刑。殺死石原一個人也就罷了，但你把他無辜的妻女都牽扯進來。然而在你成為死刑犯，等待行刑的期間，法律修改了，我國廢除死刑。你的刑罰在十五年前變成實質上的無期徒刑，過去因爲被判死刑而未實施的刑罰也生效了。紀錄顯示，服刑期間你是模範囚犯。」

行凶後的我，只是怔立原地。世界仍在運轉。

反正都被判死刑了——感覺連思考都是白費力氣。即使改成無期徒刑，思考也一樣是白費力氣。我成了具空殼子，像機器一樣，一個指令一個動作。

「又過十年，社會風潮再次轉變，大眾認爲現行的無期徒刑也不人道，制度再次更迭，讓已服刑二十五年以上的受刑人，進入與一般社會隔絕的特殊城鎮生活。雖然有種種限制，無法任意離開，但與監獄相比，還是自由許多。再也沒有瑣碎的規定，不需要得到許可才能去上廁所，如果有意願也可以工作，和一般社會十分相近。」

「那就是山腳的城鎮嗎？」

高牆環繞的犯罪者城鎮。沒有派出所。無機質的房屋一排又一排，有許多空屋。

「是的。也就是說，你尚未服完刑期。你現在仍是受刑人，也一輩子都是受刑人。這是針對你犯下的罪所判處的刑罰。到這裡都沒問題嗎？」

「虧你們想得出這麼煞有介事的謊言。就算賣弄複雜的詞彙，想要騙過我，也沒那麼容易。」

勝間傻眼地應道：

「我剛才說的內容哪裡複雜？」

「你們把小茜小姐怎麼了？」

一段奇妙的空白。勝間和前澤互使眼色。

「你說誰？」勝間問。前澤操作著平板電腦。

如果他們不知道，我也不想主動提供資訊，於是我沉默以對。

前澤把平板電腦螢幕轉向勝間。

勝間瞥了螢幕一眼，面向我說：

「今泉茜，喔，她的妄想症有點嚴重，應該會接受再教育。你應該也是。沒事的，請放心吧。」

我有些呼吸困難，追問：

「小茜小姐還很年輕，那麼年輕的女孩居然被判處無期徒刑或死刑，未免太離譜了。」

「住在這裡的，不光是被判處無期徒刑或死刑的囚犯，還有各種來歷的人。今泉茜二十三歲，是發動恐怖攻擊的宗教團體幹部的女兒，她十七歲時，在教團宿舍縱火，殺了八個人，從少年院被移送到這裡。因爲惡行重大，而且專家診斷讓她回歸社會恐怕會造成危險，便決定讓她住在這裡。」

眞的嗎？表現出慌亂會被趁虛而入，我冷哼一聲：

「那爲什麼記憶會消失？」

勝間和前澤再次對望，才回答：

「重罪犯在被移送到這裡之前，會先進行『處理』，施打感情抑制劑，接受人格更生計畫，但目前發現，『處理』後會出現與記憶相關的副作用。不過從你的情況看來，還有年齡和長期的監獄生活等各種因素影響，應該不光是更生計畫的問題……關於記憶的部分，在你參加計畫之前說明過，你本人也在同意書上簽名了，不過或許你不記得了吧。」

我說一句，他反駁一句。明明口說無憑，毫無確證，我卻覺得徹底落敗了。

「勝間，夠了吧。喂，老頭，」前澤面露冷笑，「你本來是被判處死刑。你就是幹出那麼人神共憤的事，而且外頭有許多人光是知道你還活著，就會氣到睡不著覺。居然說你不記得，你叫受害者家屬情何以堪啊？若要問惡魔是誰，不用說，當然就是你。然而在這裡，你們這些衣冠禽獸卻能領到房子，得到食物配給，甚至有工作——根本就是天堂嘛。在這裡住久了，都開始痴呆了，連自己幹過什麼好事都忘得一乾二淨。別說面對自己的罪行了，不願面對的討厭的記憶，全部想忘就忘。明明所謂的刑罰，就應該是名符其實的『罰』才對啊！圍牆外，每個人都在拚命求職、工作，為了房租和生計而苦苦掙扎，還得繳稅咧！就為了讓你們在這裡過得舒服！好了，你現在到底還有什麼不滿？」

我不禁語塞。

我有什麼不滿？

我對這裡有惡魔感到不滿。

對惡魔想要為我洗腦感到不滿，對自己開始懷疑「也許這傢伙說的是真的」感到不滿。

最重要的是，我對失去自由感到不滿！

即使說出來，他們也不會懂。

「算了，你們的說法我聽見了，走開吧，不要管我。」

勝間厭煩地說：

「就說了，我們沒辦法丟下你。這裡規定，如果有人未經申請離開住家，職員就得去找人，把人帶回去。好了，『說明』完畢。如果你再反抗，我們就得來硬的，使出『強制』手段。」

要服從他們，乖乖回去，接受所謂的更生計畫嗎？
那樣一來，會再次回到那凍結般的廢人生活吧。
不管我再怎麼努力回想，都只能找到孤獨的碎片和迷茫的日子。
如果接受再教育，我會失去更多的記憶。連那神聖的聖誕節回憶，也會消失無蹤。

我不要這樣。
離家後，我在短暫的旅程中得知了什麼？
在路上流血，叫我快逃的男子。
和小茜互擊拳頭。最近的年輕人流行的碰拳。「反叛軍成立。」沒錯。
掉落在雪地上的靴子，附近的大量血跡。
我不要回去。
他們果然是惡魔。
小茜說，惡魔把我們關起來，奪取記憶，榨取生命。她說的沒錯。
他們是惡魔，當然有三寸不爛之舌。
我不是惡魔的奴隸，我想當一個擁有自我意志的反抗者，有尊嚴地結束一生。
「我才不會上當！你們這些惡魔！」

「好，『強制』～好呦，神樂坂，就算你反抗也無所謂呦～我們就是惡魔呦！喏，現在你要怎麼辦？」

前澤冷哼一聲，揮舞著警棍前進。

勝間一副拿他沒轍的樣子，交抱雙臂站在原地。

前澤的臉，變成石原的臉。而且跟國中的石原一模一樣。石原怎麼會在這裡？

「來啊！」前澤舉起警棍。我縮起身體，他露出卑鄙的笑容。

他的聲音、言行舉止，完全就是石原。

這惡夢般的狀況讓我混亂不已，不禁後退一步。

我跌倒在地，從包包裡取出刀子。

「那是什麼玩意？你想幹麼？」

石原笑道。

這是哪裡？

一片白茫茫。

除了白色以外，空無一物。不管是大地還是天花板，都看不到界線。

在這個純白的世界裡，我被綁在一張椅子上。

渾身虛軟。

遠方傳來幾個人的討論聲。嘀嘀咕咕、唧唧噥噥、吵吵嚷嚷，就像是電視頻道的國會議事轉播聲。

「實驗數據可以全部公開，對吧？」

「說什麼人權，那被殺的人，人權何在？」「他有殺意吧。神樂坂被認定是殺人未遂。」「在現實社會，果然還是有再犯的風險。」「如果刀子不是橡皮製的，他早就殺死人了。」「他現在可以跟人溝通嗎？」「現在是鎮靜狀態。」「不管放到哪裡都會惹出問題的話，可能就是無法再治療，適用B法吧。」

完全不懂那些人在說什麼，聲音逐漸遠離。

純白世界的另一頭，出現一樣東西。

是長方形。好像是門。有人進入這個白色世界。

那人穿著深藍色制服，和勝間他們一樣的衣服——然而，進來的是一名窄肩的纖細女子。低跟鞋踩得地板叩叩作響。

是小茜。

我開心得眼淚都流出來了。太好了，她還活著。

——小茜小姐，我的同志，對抗惡魔的女戰士。

然而，我卻說不出口。

小茜搽著口紅。她怎麼會穿著跟勝間他們一樣的深藍色制服？不，她一定有自己的想法。

小茜、小茜！我擠出皺巴巴的笑容。幫我解開繩索，我挺身對抗惡魔了。可是刀子是橡皮製的，我殺不死惡魔。等我清醒過來，我已在這裡。這裡到底是哪裡？是叛軍的據點嗎？

然而，小茜流露一種看垃圾的冰冷眼神，沒替我解開繩索，一語不發地離開了。

我怔愣了好半晌，繼續待在白色房間裡。

接著出現的是黑點。

黑點緩緩變大。

是影男。

原來影男真的存在？我第一次正面看到。

身軀龐大，黑得不得了。戴著大禮帽。

影男慢慢靠近被綁在椅子上的我。他的嘴角直咧到耳朵，露出鮮紅口腔。長長的舌頭舔了一下嘴唇。不要過來！我大喊。不要過來！

窗外蟬鳴不絕。

額頭的汗水淌過鼻翼，滴落在榻榻米上。

我身在小窗嵌著鐵格子的一坪大斗室裡。

然後——然後怎麼了？

影男。

那個冬天，那座城鎮，還有……

我試著回想，卻想不起來。

影男怎麼了？

在這裡，門外有像刑務官的人，但不管問什麼，對方都不會答腔。應該是規定不可以和我交談吧。

門外推進來的托盤上有簡單的食物，吃完後我無所事事地看著牆壁，入夜以後就睡覺，過著不知何年何月的生活。

我對著門外的男子說：

欸，我什麼時候可以回去那座城鎮？

那座如聖誕節般雪白的城鎮。

喂，我叫你啊。死刑已廢除，我很快就可以回去白色城鎮的獨棟住家了吧？

然而，門外沒有回應，我開始覺得自己在這個房間已待了上百年，往後也會永遠待在這裡。

集合住宅廢墟的風人

1

我在廢墟中醒來。
好幾棟長方形的混凝土建築物圍繞著我。
好像是集合住宅的廢墟。
爬藤蔓生，所有的窗戶都是暗的。
有一輛遍布紅色鏽斑的三輪車。
狸貓慢悠悠地路過。

我坐在荒廢的柏油路面的蜜柑箱上。
記憶模糊，但我似乎是在天上飛的時候，突然失速墜落地面。
待在這種廢墟也沒用，我想要起飛，身體卻浮不起來。

我正在發愣，忽然出現一名穿工作服的男子。
對方約莫四十多歲，皮膚曬得很黑，眼神陰沉。

也許是管理這座集合住宅廢墟的人。
我姑且向他攀談。
然而他看也不看我一眼，穿過我的身旁離去。
他似乎在廢墟的一室擺放許多盆栽，種植某些植物。
我看了看水窪。
水窪倒映出樹木和雲朵，卻沒有我。
我無法看到自己。
我踩踏水窪，激起極細微的漣漪。
夜晚來臨，然後天亮了。
我不覺得餓。
也不會口渴。

我試著拿起一塊小石頭，卻拿不起來。經過草叢，也沒有留下踩踏的痕跡。
但我一經過，草叢便嘩嘩作響。
我是風。無形無影，就像流動的空氣。
是失去去處的風。

像我這樣的存在，叫什麼呢？
天使？或許有些不同。我把自己命名爲——風人。

連續幾天都下了傾盆大雨。
雨停之後，雲層間冒出耀眼的太陽和彩虹。
我爬上水塔。
集合住宅似乎位於台地，站在水塔上可以將周圍一帶盡收眼底。四周被森林圍繞，森林再過去是一片田地，遠方還有城鎮。
我望著反射陽光的積雨雲，從水塔上跳下去。我像展開翅膀一樣，一邊旋轉一邊落下。
我飛不起來。
不管嘗試多少次，就是回不去天空。

有孩童跑來集合住宅廢墟。
是約莫十歲或十一歲的男孩。
他騎著自行車，在集合住宅的土地上奔跑，從背包取出迴力鏢。

當時我並未特別留意那孩子，反正他看不到我。

男孩擲出迴力鏢。迴力鏢咻咻高飛，擊中集合住宅的牆壁落下。

忽地，男孩擲出的迴力鏢落在我旁邊的水窪裡。

我嚇了一跳，伸手想摸迴力鏢，和跑來同樣要撿迴力鏢的男孩的手相碰了。

「哇！」我驚呼一聲，男孩把手縮了回去。

「我剛剛沒發現你，你是誰？」男孩看著我說。

「咦？呃，我也不曉得。」

我驚訝地應道。他看得見我嗎？因爲碰到了我嗎？還是，他擁有特殊的感應能力？或是某種波長與我相合？

我不知道自己是什麼模樣。我很好奇在他眼裡，我是什麼樣貌。

「你覺得我是誰？」

「不知道。你是哪來的小孩？」男孩訝異地說。

瞬間，無形的我成了「小孩」。

「你讀哪裡？」

他應該是在問我讀哪所小學。

「我沒有上學。」我回答。

在他的認知裡，我似乎是與他年紀相仿的男孩。也許我是配合對方的認知，獲得了形體。

「你來這裡做什麼？」我問。

「來探險。」男孩緊握著迴力鏢說。「你才是，在這裡幹麼？」

「我……」該怎麼說明才好？「我就只是待在這裡。」

「你家呢？」

我知道他想問什麼，但無法回答。

「咦，難不成你住在這裡？」

男孩環顧集合住宅廢墟。

「聽說這裡是以前有礦坑的時候蓋的，現在沒住人了。你們全家都住在這裡嗎？你爸媽呢？」

男孩問，我搖搖頭：

「我沒有爸爸和媽媽。」

少年的雙眼瞪得老大：

「你離家出走？」

我搖搖頭。

「你是鬼嗎？」

「不是。」

「那麼，跟我一起探險吧！」

我們一起在集合住宅廢墟裡漫步。途中進入一個被蝙蝠占據的房間，男孩看見倒掛在天花板上的數十隻蝙蝠，興奮極了。

我們爬上屋頂，坐在生鏽的水塔形成的陰影處。

「我是從東京來的。」男孩說。

男孩似乎在等我回應，我只好附和「是大都市呢」。我並非完全沒有「知識」，知道東京是大都市。

「我轉學到這邊的小學，被取了個綽號叫『東京君』，大家都欺負我。」

「如果有討厭的經驗和愉快的經驗，當然會覺得愉快的經驗比較好，對吧？」

我邊想邊說。

男孩點點頭。

「但我覺得，愉快的經驗固然重要，但其實討厭的經驗更重要。被欺負、被女生討厭、被莫名其妙的人打、踩到狗大便，這些都是讓人感到痛苦的經驗。乍看之下，這些經驗是不必要的。不過，正是因爲……克服了這類困難，嗯，該怎麼說，就是……」

我原本想對這個男孩說些類似人生箴言的話，但因爲想到什麼就說什麼，思緒過於散漫，結果不知道該如何收尾了。

「意思就是，可以有所成長？」男孩接過話。

「對對對，就是這麼回事，你懂嘛。」

「可是，重要的是維持平衡吧？如果集中在一邊，而且全是討厭的經驗的話，還是太沒道理了。欸，你好像大人喔，眞穩重。」

「我是小孩啦。」

如果我說我是大人，他眼中的我會立刻變成成年男子嗎？那樣也很麻煩。

「你是從哪裡來的？」男孩問。

我指著天空：

「我是從天上掉下來的。」

「你騙人。」男孩笑了。

他說要玩捉迷藏，我跟他一起玩到傍晚。

男孩名叫裕也。

之後，裕也就頻繁地跑來集合住宅廢墟玩耍。

裕也總是一個人。

反正沒有其他事情好做，我都會陪他一起玩。

我們一起去附近的森林抓昆蟲，或是在森林旁邊的水渠玩水。

「你叫什麼名字？」裕也問我，我回答「我沒有名字」。

「沒有名字？這未免太奇怪了。」裕也說。

「沒辦法。」我說。「我從天上掉下來，所有的事情都忘光光了。」

「那我幫你取一個名字。」

「拜託了。」

「叫『天空』好了。因爲你是從天空來的。」

「不錯，可是很多狗都叫『天空』吧？」

「才沒有，電玩和漫畫主角常取這個名字，很帥氣啊。」

「叫『風』怎麼樣？」我提議。

「你不喜歡天空，但風就可以嗎？不過，只有『風』一個字不行啦，不像名字，而且會跟生病的感冒（註）搞混。叫『風三郎』好了。」

結果我的名字變成「三郎」了，想必是取自宮澤賢治的名作《風之又三郎》。

「在東京的時候，我爸犯了侵占罪被抓，最後被判處徒刑——啊，你知道『侵占』和『徒刑』的意思嗎？」

「知道。」

其實不是很清楚，但我仍這麼回答。

「我記得……呃，不是什麼太壞的罪行吧？」

裕也皺起眉頭，一臉嚴肅地思考之後，小聲地說：

「應該沒有殺人那麼壞，不過一樣要坐牢。媽媽和我本來住在東京的奶奶家，可是媽媽和奶奶處得愈來愈不好……媽媽想來想去，最後跟在坐牢的爸爸離婚了。」

父親不在家，婆媳同住，成天爭吵不斷。後來經過一番曲折，母子倆來到此地。

「眞辛苦。」我說。

註：日文中，「風」和「感冒」（風邪），發音同樣都是 kaze。

「最辛苦的是我爸，或是我媽，我倒是還好。」

裕也一臉無所謂地說。

八月某天的下午。

裕也坐在集合住宅的背陽處，邊吃古早味零食邊邀我：

「三郎，你今天要不要來我家過夜？今天我媽不在，她明天晚上才會回來。」

我想了一下，回答：

「好啊，我去你家。」

這是我第一次去到比集合住宅廢墟周邊更遠的地方。

「可是，一旦離開這裡，你可能就會消失，對吧？」

「也許吧。」我應道。我是真心這麼想。「不過，如果我消失了，你一個人回家就行了。」

裕也打量著我：

「三郎，你真的沒有家人嗎？」

「沒有。」

我跟著裕也，離開集合住宅，接著走出圍繞集合住宅的森林。路上遇到兩道寫著「禁止進入」的柵欄。
景色豁然開朗。眼前是一片青翠的田園，遠方是城鎮。
腳下的二線道似乎一路延續到城鎮。
「這麼長的坡道，騎自行車上來很累人吧？」
「是很累，不過就是因爲會累，學校那些混蛋才不會來。特別陡的地方，我會用推的。不過回程都是下坡路，騎起來超爽快的。你要坐後面嗎？我載你到鎭上吧。」
我跨上後車座。
「一點重量都沒有。」裕也驚訝地說：「簡直就像沒有載人。」
自行車在坡道上前進。
眼前所見都閃閃發亮。高聳的積雨雲遮蔽了太陽。
從森林吹來一陣潮濕的風。
遙遠的城鎭就在彼方。
「眞是全世界最美！」
我打從心底這麼想。
「你是說景色嗎？如果這就是最棒的，往後的人生便沒有什麼好期待的了。」

就會發現。

裕也吃吃笑道。

迎面而來的風撩起他的頭髮。

你什麼都不懂，我心想。不過，現在這樣就好了。反正在遙遠的未來，你自己就會發現。

下到坡道盡頭，裕也放慢自行車的速度。

通過平交道，進入餐飲店林立的鬧區。我們經過蕎麥麵店，沾麵醬汁的香氣竄入我的鼻腔。

我是風人，理當不會感到飢餓，然而這懷念的氣味，不知怎地攪亂了我的情緒。

前方出現一名中年男子，穿著黑色棉褲和夏威夷衫。我認得那張臉。是我剛醒來的時候，跑到集合住宅種東西的人。他會定期來集合住宅廢墟，除此之外，也經常看到他的身影。

裕也向男子行了個禮。

男子沒理裕也，直接朝反方向走去。

「那是桑田叔叔，那家咖啡廳的老闆。」

裕也指著其中一家店說。招牌上寫著「純喫茶　阿姆斯特丹」，是隨處可見的普通店面。

「你怎麼會認識咖啡廳的老闆？」

還是，那個人是你爸？我問，裕也否認：

「桑田叔叔是……唔，我媽的朋友？也不是。算是什麼人呢？我媽工作上認識的人？他有時候會來我家。」

「這樣啊。那個叔叔也會定期來集合住宅廢墟喔。」

男孩驚訝地說：

「咦，真的嗎？天哪，萬一在那裡遇到就糟了。」

「那個叔叔通常只會在上午來。你討厭他嗎？」

「嗯。」男孩說完，又連忙改口：「不是，也不是討厭，只是有點害怕。他是個壞人。」

但裕也沒說他哪裡壞。

太陽西沉了。

歸巢的烏鴉飛越天空。

電線桿上的路燈亮起。

我望向民宅的窗戶，看見圍著餐桌的一家人。

我們經過理髮院門口。

倒映在理髮院櫥窗上的，果然只有騎自行車的裕也，沒有我。

年紀和裕也差不多的三個女生走在前面。

我們騎過她們身旁，她們轉過頭來。可能是裕也的同學吧，我聽到其中一人低喃：啊，是東京君。另一人語帶調侃：美香、美香，是東京君欸。最後一人說：小聲點，會被聽見，笨蛋，叫人家「中島同學」啦。

裕也加快踩踏板的速度。

「你知道嗎？人生只有一次。」她們的身影消失後，我出聲說道。

「我知道啊。」

「如果有喜歡的女生，應該好好地表達愛意。」

「唉，三郎你總愛講些老套又搞錯方向的事。」裕也踩著自行車困惑地說。

「關於這一點，我覺得你錯了。不管對別人有什麼感覺，並不是直接告訴對方就是對的，而且我覺得大家是被雜誌和電視劇洗腦了，才會說這種話。」

裕也和母親住在一棟老舊的木造公寓。

裕也掏出繫了條繩子的鑰匙開門。

有兩個房間，收拾得還算整齊。

窗外只能看見大樓外牆，毫無景色可言。

晚餐是泡麵。裕也要幫我煮，我拒絕了。

「我不用吃飯，你一個人吃吧。」

「眞的嗎？」

我點點頭。

「對了，你媽今天晚上去哪裡？」

「去打麻將。跟職場的朋友。」

裕也在廚房攪動鍋裡的麵說。

「我媽叫我吃泡麵一定要加蛋，說這樣才有營養。你知道嗎？泡麵吃到一半加醋，會變得更好吃。很多人都不知道。」

「你媽常去打麻將嗎？」

「嗯，常去。她說是應酬，沒辦法。她還有在酒店上班，星期五、六會去店裡。她也得喘口氣才行呢。我媽什麼都會——她做很多事，非常厲害。」

忽然間，屋子微微震動，似乎是有電車經過。

「我媽說我小時候喜歡電車，所以挑了靠近鐵路的住處。」

「這樣啊。」我點點頭。裕也的母親很愛孩子。

裕也把麵從鍋子撈到碗公裡，吃了起來。

「電車真的好棒喔。總有一天我要搭著電車，去遙遠的地方。」

「你想去旅行啊？」我問。

「對，來一場漫長的旅行，然後在旅途中抓住機會，變成大富翁，讓我媽過好日子。這就是我的夢想。啊，不行，一直說我的事。三郎，你有夢想嗎？」

「我想回到天空。」我答道。但如果能天馬行空地描繪夢想，搭電車去遠方或許也不錯。

直到晚上入睡前一刻，我們都在聊電車。裕也聊到臥鋪車、行經深山祕境的路線、大得像迷宮的東京車站等等，還提到電視上的旅遊節目介紹的北海道火車便當，甚至挖出電車圖鑑，向我展示各種車型，然後就這樣睡著了。

我看著睡著的男孩身影，莫名被一股強烈的感情攫住了。

現下睡在這裡的男孩，該不會是我自己？我感到有些錯亂。

裕也醒來後，此刻在這裡的、幻影般的我就會消失，變成他嗎？

我覺得自己有點可怕，於是悄悄穿過窗戶縫隙來到外面。

然後，從二樓陽台一躍而下。

穿過公園時，感覺似乎跟正在慢跑的女人對望了。

根據過往的經驗，即使人們望向我，看到的也不是我，而是越過我看到後面的景物，因此我並不在意，繼續走我的路。

2

集合住宅廢墟出現了一個女人。

女人在集合住宅廢墟的中央公園取出折疊椅坐下來，拉起中提琴。

我一現身，女子便把中提琴放到腿上，向我揮手。

「你好。」

「午安，妳好。」我十分驚訝，除了裕也以外，居然還有人看得到我。

「我是來找你的。」女子有些靦腆地說：「我叫高杉依愛。」

「我叫三郎。」我行了個禮。

依愛有些急促地說：

「之前偶然在公園看到你，我嚇了一跳，於是跟蹤了你一下。你應該沒發現吧？有嗎？」

「難道妳是當時那個在慢跑的人？」

「對啊。」

「可是，妳怎麼看得見我？」

「我看得見你，因爲我本來跟你是一樣的。」

「妳是說，妳本來是風人？」

「對，風人，這個名稱取得眞好。我也是這樣看待自己。因爲我有和風同化的記憶，是沒有肉體的存在。」

然而，如今她不再是風人了。她看起來完全就是個活生生的人。有質量、有重量，看上去是確實存在的。

「所以我想，或許我可以幫助你，才過來找你。我認識不少人，也掌握了一些情報。」

太好了。

「對了，有個男孩看得見我。」

「你們有交流嗎？」依愛問。我點點頭，她有些驚訝地說：

「聽說有時會遇上波長相合的人，因著某些契機，對方一旦認知到你，就會像連上線一樣，永遠認知到你。」

當時裕也想要朋友，而我也想要一個能夠交流的對象。接觸的瞬間，類似收音機的電波對上了。

「我該怎麼辦才好？不知爲何，我掉落到這裡。本來以爲只要等一陣子就能回到天空，但我似乎失去了飛行能力。我想回去天空。」

依愛點點頭：

「我依序說明。首先，你爲什麼墜落，我不清楚，恐怕也沒有人知道。總之，墜落的風人當中，能夠重回天空的，只有沒有重量的人。」

「什麼重量？」

「不是指站上體重計得到的數字，而是你存在本身的重量。對地上的留戀、執著、情感，這些事物會逐漸變成重量。被地上的人認知，或是有愈多的交流，就會有愈多的重量。一旦往變重的方向傾斜，就再也回不去天空了。至於你……」

依愛注視著我說：

「直接說出我的評估的話，你已變得太重，沒辦法回到天空了。我可能太晚發現你了。」

確實，我每天都跟裕也一起玩。我還離開集合住宅廢墟，在鎮上行走，爲沾麵醬汁的氣味感動。事到如今，我不可能把這些全部忘記。如果這些就是所謂的重量，我的確變得太重了。或許我應該一直待在水塔上等風來的。

我咬牙切齒，望向天空。

一團白色的雲緩緩地流過。

「要是繼續變重下去，我會怎麼樣？」

「你會消失。」她語帶同情。「存在的重量一旦增加，就再也不會減少。只會慢慢增加，或急速增加，絕對不會變輕。

「從天空墜落，約莫三個月後就會消失。總之，當時進入第三個月後，我就察覺：啊，我快撐不住了。雖然應該也有個人差異。」

我是在七月中旬掉下來的，所以大約會在十月左右消失嗎？

儘管早有預感，但被當面點出來，我不禁心生恐懼。

「掉到地上的風人要活下來，只有一個方法……你知道是什麼方法嗎？」

「不知道。」

「不，你應該知道。」高杉依愛向我點了點頭。

她原本是風人，現在是人類女子——也就是說……？

「竊取人類的身體嗎？」

「就是這麼回事。我也不知道爲什麼自己會墜落。在地上徘徊的時候，我遇見一個女孩。我是被從窗戶傳出的中提琴琴聲吸引。我本能地搶走了那個女孩的身體、記憶、名字，所有的一切，變成了她。然後過了十五年，現下我還在這裡。」

我頓時感到心情沉重。

「妳殺死遇到的女孩，取代了她。」

「人類的生死，是指肉體的生死吧？如果生命還在延續，就表示她仍活著，從未死去。客觀來看，只是『個性變了』而已。」

「這麼順利嗎？」

「她原本的記憶都變成我的了，所以沒有問題。筆跡雖然變了不少，但她當時年紀還小，並無大礙。就我的情況而言，相當順利，我也不後悔。轉移的機會只有一次。一旦轉移到某人身上，就再也無法反悔換人。」

見我沉默無語，依愛說「我非常明白你的感受」。

「沒必要感到內疚。既然我們天生就是如此，這也是沒辦法的事。如果不想這麼做，選擇消失就行了。不過，若要給你一個建議，就是如果決定要竊取人類的身體，要選擇條件有利的人，否則一定會後悔。」

「有利？」

「在人生路上條件有利的人，你懂吧？不懂也無所謂。」

「要是找到理想的對象，該怎麼做？」

「很簡單，想著『我想進去』，跳進對方的身體就行了。」

高杉依愛回去以後，我仔細盤算了一番。

晚上，出現幾個來試膽的年輕人。

「幽靈，喂～幽靈，出來呦～」

「哇！不要這樣啦！你亂講話，等一下眞的跑出來怎麼辦？」

是帶著手電筒的二男二女，共四個人。

偷聽他們的對話，這裡似乎傳出了一些鬧鬼的流言，像是以前死在這裡的小孩鬼魂出沒，或是變成廢墟以後，有人目睹夜半有一戶人家亮起燈光，全家人一起用餐。

我目不轉睛地觀察這幾個年輕人。他們看起來年輕健康。一旦轉移——不，得到軀體，就再也無法擺脫，所以，既然不瞭解他們的背景，就不該貿然行事。

不久後，他們嘻嘻哈哈笑鬧著，返回停在森林裡的車內。我搭上他們的車子，離開集合住宅廢墟。

「欸，是不是有什麼跟上來了？」女人說。

我嚇了一跳，但他們似乎並不是眞的發現我在車子裡。

他們的車在鎭上的停車場停下，我下車以後，獨自走在馬路上。

那一晩在裕也身上感受到的無以名狀的強烈情感，我已消化完畢，能夠用言語表達了。我是想轉移到裕也身上吧，幸好我沒有這麼做。我不希望裕也消失，因爲裕也是我的朋友。我想要轉移到裕也以外的人身上。

我在街上漫步。

男人和女人，哪個好？

小孩和大人，哪個好？

哪裡有條件有利的人？

應該重視什麼？年齡、強壯的肉體和美麗的外表——不，還是健康？家庭環境？資產多寡是不是也很重要？

當然，只是在路上看到，不可能眞正瞭解一個人的背景。

健康方面也是，無法窺知他人隱藏的部分。

不能保證年輕就一定健康。這天，我無法做出選擇。

進入九月了。

夏季的燠熱逐漸遠離。

我反覆上街，物色軀殼。有時會尾隨看起來不錯的年輕人，甚至跟進對方的家裡。

但我發現那名年輕人在外從事近乎苦行的勞動工作，回家後的時間都在埋首苦讀法律，備受家人期待，我實在下不了手。

「是不是有更好的選擇？」每次想到這裡，我就無法選擇任何人，任由時間不斷流逝。

學校開學後，裕也沒辦法像暑假那樣頻繁來玩了。他每週會來一次，跟我聊漫畫、動畫和電車的話題。

3

事情發生在九月的第三週。

雨下了很久，接著颳起了冷風。

「回家一看，我媽臉受了傷在哭。她被打了。」

我們在集合住宅廢墟的公園，裕也騎在塗漆剝落的混凝土大象上說道。

「被誰打？」

「她說是桑田。那天是我媽的發薪日，可是錢被桑田拿走了。」

「簡直就是強盜，你們報警了嗎？」

「就是啊！你也這麼想，對吧？所以我跟我媽說，應該立刻打電話報警。」

裕也瞪著地面，繼續道：

「可是我媽很奇怪，她說『桑田先生很照顧大家，而且在這一帶，他不是我們惹得起的人』，叫我不能報警，還說『我自己也有錯』。什麼嘛，哪有這種事？哪有被打、被搶錢，還要忍氣吞聲的道理？」

這時，我聽見遠方的汽車排氣聲。

「好像有人來了，我們躲起來吧。」

我催促裕也。裕也似乎聽不見車聲，按照著我說的把自行車藏起來，進入廢墟，走上階梯。

一串「喀啦喀啦」聲響逐漸靠近。

我們從三樓某一戶的窗戶俯瞰地上的情景，穿著工作服的桑田出現了。

眞是說曹操，曹操就到。

桑田推著推車，上面堆著肥料袋。

裕也目不轉睛地瞪著桑田，還有他進入的四號大樓。

一會後，桑田離開了。

聽見汽車排氣聲遠離後，我對裕也說「沒事了」。

「你說他在這裡做什麼？」

「他在四號大樓的一樓邊間種東西。」記得以前也提過，但我再次告訴裕也。

桑田定期前往的那一戶上了鎖。

裕也繞到屋後，擺上裝蜜柑的紙箱墊腳，從陽台入內。

陰暗的屋裡，放著一排又一排的盆栽。

盆栽伸展著翠綠的葉子。

裕也抓起其中一盆，朝牆上砸去，泥土和植物落到地上。

他把並排的盆栽逐一踢倒。

我默默看著。

把全部的盆栽踹倒後，裕也哭著走出去。

「我要去報警。這一定是不好的東西——像是大麻的壞東西。」

「我跟你去。」我說。

這天，裕也走進鎮上的派出所，告訴派出所的年輕警察三件事。

名叫桑田的男人毆打他的母親。

桑田搶走他母親的錢。

桑田在集合住宅廢墟種植的應該是違法植物。

我就站在裕也旁邊，但警察看不見我。

「那裡不是禁止進入嗎？」

警察皺眉質問，裕也低頭說「對不起」。

「不可以再去了。」

年輕警察聽完，寫下裕也的住址和姓名，說：「接下來警方會處理，交給我們吧。我們會立刻展開調查，不過那裡很危險，你不可以再去了。」

我和裕也在他家前面道別。

我總有種不祥的預感。

我沒有回去集合住宅廢墟，而是前往桑田的店「純喫茶　阿姆斯特丹」。店沒開。二樓的廁所窗戶開著，我從那裡溜進去。不管是什麼樣的牆壁，我都能輕易攀登。

二樓似乎是辦公室，擺著沙發和辦公桌。辦公室裡只有桑田一個人，他有些激動地在講電話。

「啊，眞的是『江湖在走，朋友要有』啊，謝謝你跟我通風報信。」

桑田講完電話後，上了車子。我鑽進副駕駛座。桑田的目的地，是集合住宅廢墟的種植房。

桑田看到被踢得亂七八糟的盆栽，大呼小叫起來。「臭小鬼！」他對著牆壁咒罵了一陣，戴上工作手套，小心翼翼地把苗裝進垃圾袋，是要湮滅證據嗎？

這天晚上，桑田回到辦公室以後，打了通電話，不知道是打給誰。

「喂？承蒙照顧了，嘿嘿，大哥，是我，桑田啦。還沒被抓到，我才不會出那種紕漏呢，哈哈哈。」桑田說著。「大哥之前說想要一個女孩，不過男孩怎麼樣？啊，要嗎？好的、好的。哦，剛好有一個啦，從東京來的單親媽媽的小孩，查不到的，是。」

4

裕也毀壞植物、去派出所報案的兩天後，放學回家途中，桑田把車停在他的旁邊。

當時我坐在副駕駛座上。這兩天，我一直跟著桑田行動。

「上車！快，上車。」

桑田用不容反駁的口氣說。

「你媽的情況不妙，快點上車。」

桑田讓裕也坐後座。

那是無人行經的安靜住宅區，沒有人看見裕也上車。

「我媽呢？她怎麼了？」

「嗯，去就知道了。我帶你去找她。」

桑田邊開車邊問：

「你常去集合住宅那邊玩嗎？」

「咦，集合住宅？」裕也裝傻。

桑田冷哼一聲：

「在那種地方玩，你看到鬼了嗎？以前那裡就常常鬧鬼。」

裕也沒有回應。

「你知道爲什麼會鬧鬼嗎？」

「不知道。」裕也小聲回答。

「我以前就住在那裡。當時那一帶還在採煤礦，住了很多人。台地山腳還有一所小學，如今已拆除。我就讀那所小學。

「我十二歲那年，集合住宅裡有個十歲的男孩死掉了。

「那個男孩叫小晴。我平常都跟小晴待在一起。比我小兩歲的小晴，是我的小弟、嘍囉。在別人的眼中，我們或許就像親兄弟一樣感情很好，但我總是以欺負小晴爲樂。

「那個時候，小晴坐在樓梯上。從集合住宅的東側下去馬路的樓梯。當時我非常不爽，隨意從後面踹了小晴一腳，結果小晴整個人摔了下去。我不是有意要殺他，是他自己沒摔好，後腦杓撞地，兩眼翻白，整個人抽搐不止。

「我慌忙離開，騎上自行車逃跑。然後我跑去附近的河邊，跟釣螯蝦的人一起玩。要是有人問起，我就說我一直在釣螯蝦。」

桑田輕嘆了一口氣。

「集合住宅的居民發現摔落的小晴，叫救護車送醫，但小晴撞到要害，死在醫院。由於沒有目擊者，此事被當成意外處理。

「我參加了小晴的葬禮。每個人都很關心我，約莫是以爲我失去了疼愛的小弟，十分消沉沮喪吧。當然，我沮喪極了。因爲我不是有意要殺他的。

「後來，集合住宅有孩童的鬼魂出沒——流傳著這種傳言。

「五年後，我犯下強盜案，被送進少年院。那段期間，礦坑關閉，集合住宅變成無人的廢墟。」

我望著流過窗外的九月田園風景。

「我來告訴你，爲什麼警方都沒有動作吧。」

桑田笑著說。

裕也倒抽一口氣，緊張起來。

「你勇氣十足地奔往派出所，聽你說話的那個警察——沒錯，你的運氣眞的很差，他剛好是我的客戶。」

車子裡一片安靜。

「他在我這裡買了不少貨。要是我被抓，那小子也會遭殃，所以你的密報被他攔截了。他立刻通知我，說有個奇怪的小鬼來告密。你敗就敗在運氣太背。我連忙前往集合住宅，發現我當成嗜好種植的藥草盆栽全毀了。那是我傾注心血、細心栽培的，換算成零售價格，我大概損失了兩千萬圓。我不可能放過你。」

我一直跟著桑田，所以很清楚。

他說的都是事實。

透過後照鏡，只見裕也面無血色，全身不住顫抖，但他小聲說：

「你打了我媽，搶了她的錢。」

「噢……」桑田忽然鬆卸下來，換了副沉穩的嗓音。「原來如此，所以你才跑去告密啊。你媽向我借了錢，因為她跟工廠同事打麻將賭錢。我手上有她的借據。借錢還債，天經地義，我拿她的錢，也是理所當然。你幹的事也一樣。我不認為小孩就可以不負責任。」

桑田將裕也載到集合住宅廢墟，讓他下車。

「除了你以外，還有人知道這件事嗎？」

「哪件事？」

桑田抓住裕也的雙肩。

「你把我當成興趣種植的藥草毀掉這件事。我知道你在學校沒有朋友。」

「我媽在哪裡？」裕也東張西望，問道。

「你還眞信了？」桑田笑了。「你媽在工廠上班吧，不然就是跟哪個老頭在外面約會。我不曉得是哪邊。那只是騙你上車的藉口罷了，你媽不在這裡。」

我走出桑田的背後，在裕也的面前現身。

「不可以！」

裕也發現我，說道：

「三郎，快逃！離開這裡，去找人幫忙！」

桑田渾身一顫，循著裕也的視線望向我，但應該還是看不到吧，他的目光轉回裕也身上：

「你在跟誰說話？腦袋裡的朋友嗎？」

「你看不見嗎？」

「啊？哦，是配合我剛才說的鬼故事吧。你的演技不賴嘛。」

桑田笑著，拿出手銬銬住裕也的雙手。

接著命令裕也坐下來，用膠帶纏住他的腳。

桑田讓動彈不得的裕也仰躺在空房的混凝土地上，抽完一根菸之後，掏出手槍。

事後回想，那肯定是爲了接下來的交易而準備的防身武器，但當時我以爲他要用那把槍殺死裕也，背脊一涼。

桑田把子彈填入手槍，收回外套內袋。

接著他拿出手機撥打，簡短地說了幾句話。掛斷電話後，他蹲下探看躺在地上的裕也：

「我做很多生意，有時放款給你母親那種賭鬼，有時也接訂單，提供我當成興趣種植的藥草。其中也有來自外國危險組織的訂單，或是『想要十五歲以下的孩童』這種古怪的訂單。不過，這眞的讓人很心痛呢。我平常都盡量不接，但這次破例。」

裕也還沒出聲，桑田就拿東西堵住他的嘴巴。

「簡而言之，惹到我，算你倒楣。」

沒多久，兩名男子進入室內。

一名是穿西裝的中年男子，看起來完全就是個上班族，提著公事包。另一名男子虎背熊腰，肌肉發達，穿著搬家業者的制服，拎著麻袋。

穿西裝的中年男子把一只信封遞給桑田說：

「謝謝你，就似這個小孩紙嘛？」

說話怪腔怪調的。

桑田點點頭：

「沒錯，多謝惠顧。」

西裝中年男上下打量裕也：

「上次的女孩紙比較好。」

「那種好貨難得一見啊。」

桑田諂媚地笑。

他打開信封一看。

我也一起看，裕也的價碼是二十萬圓。

桑田遞出鑰匙說「這是手銬的鑰匙，接下來請自便」，轉身離開了。

我走到裕也旁邊，握住他的手。

裕也非常絕望地看著我。

「沒事的。」

我對裕也低語。

我變得太重了。我心知肚明，反正用不了幾天，我就會消失。

我沒有選擇的餘地。

助跑之後，我跳進桑田的背。

桑田的內在是怎樣的地方，我無法適切說明。

那是個沒有重力的安靜場所。沒有大地，沒有天空，只有一個孩童。

是桑田內在的「桑田」。

「桑田」瞇著眼睛，直盯著我。

——小晴？

我對「桑田」說：

——不對，我叫三郎。

——你明明是小晴啊。你怎麼跑到這裡來了？

——小晴是很久以前住在集合住宅的小孩嗎？你把他推下去，害他摔死的那個小孩？

「桑田」微微點頭。

只是「桑田」對「風」如此感覺、認知罷了。

我從天而降，不是地上的任何人。

我原本要再次強調「我不是」，卻忽然想到，也不能斷定我絕對不可能是遙遠的過去那個叫小晴的小孩吧？不管是集合住宅，還是從那裡下去城鎮的路，都讓我莫名感到懷念。

但現在那些都不重要。

我往前進，「桑田」便往後退。

我們搶奪軀體，打了一架。

「桑田」不怎麼強大，他很怕我。

我的身體綻放強光，沐浴在光中，「桑田」露出哀傷的表情，身體化成一團灰燼。

睜眼一看，我變成了桑田。

身體彷彿有千斤重。雙腳踩在大地上，皮膚感受到戶外的空氣。心臟將血液運送至全身。我用肺呼吸。

這就是——我獲得的肉體。實體。

我摸索外套內袋，現下不是感嘆的時候，動作要快。

我掏出手槍，解除保險。

回到桑田把裕也交出去的房間。

裕也正要被裝進麻袋裡。

西裝男面向麻袋蹲下，我朝他的後腦杓開槍。伴隨著一道破裂聲，血花噴濺。壯漢大喊大叫地後退，我迅速把槍口轉向他，毫不遲疑地開槍。

我將裕也從麻袋裡放出來。

裕也睜大眼睛看著我。我用西裝男手中的鑰匙解開手銬，拿公事包裡的刀子割開膠帶，讓他站起來。

「快點回家，不可以再來這裡。」

我以桑田的外貌、桑田的聲音說。

裕也朝流血倒地的兩人瞥了一眼，接著望向我手中的槍。

「爲什麼？」

「我已經變了。從剛才那一刻開始。」

再也沒有比這更眞切的事實了。

裕也轉身跑掉了。

再見，好好保重。希望有朝一日你會搭上電車，前往遙遠的土地。

我沒空擔心別人。

在地下社會，或者在一般社會也一樣，殺死兩個人，應該會遭到抹殺，或是受到接近被抹殺的處分。

總之，得馬上離開這裡——不過今天的晚餐，就去蕎麥麵店吃蕎麥麵吧——悄悄慶祝新的旅程吧。

漫長的逃亡之旅揭開序幕。

我仰望高遠的秋空。

回到車上，發動引擎。

開到全世界最美麗的坡道後，我踩下油門。

凱姆爾與拉媞麗

黑色幼獸總是跟在母親身後。
母親的毛色和牠一樣，一身漆黑。
母親四處尋找有樹木果實的地方，獵取羊隻。
牠和母親生活在高原上，總是形影不離。
母子倆一起吃了羊。
然後在洞窟裡互相依偎著入眠。
兩頭野獸以獨特的聲音交談著。
——「他們」的氣味愈來愈濃，差不多得離開遷去遠方了。
母親說道。

有塊巨大的岩石叫「禿鷹岩」，再過去就是「他們的領域」。
「他們」是什麼，幼獸不是很清楚，但一定是可怕的東西。
禿鷹岩上，堆積著「他們」的頭骨。
幼獸相信，頭骨山就是在警告「他們」，要是越過這塊岩石入侵，就格殺勿論。

凱姆爾在假寐中憶起母親。
如果那天人類沒有到來，自己能夠依賴母親到何時？
他心裡明白，不可能是永遠。

被拆散那天，幼獸依照母親的吩咐，待在禿鷹岩這一側。
母獸不在身邊。
看見兩腳站立的奇妙生物走來時，幼獸立即明白：啊，這就是我和「他們」的初次見面。
那奇妙的外形，令牠驚異萬分——但從外表來看，對方的體能實在沒多強。
一瞬間的僵硬解除之後，幼獸拔腿就跑。
他們侵入我們的地盤了。
得通知母親才行。
牠回頭看了一眼。
沒事，他們追不上來的。
然而，下一秒地面震動了。
牠彈到半空中，被網子纏住，掛在樹枝上。

從此以後，母子倆被拆散。
除了哭喊之外，幼獸別無他法。

1

在市場買下牠的，是主宰這一帶的族長。
族長飼養上百頭的羊和雞，擁有廣大的耕地。他的兒女成群，還有許多分不出是女傭還是小妾的女人。
族長看到籠子裡小小的牠，瞇起眼睛，付了商人開的價錢。
抵達族長家之前，牠幾乎什麼都沒吃。
一到家，族長便餵牠山羊奶、肉乾等吃不完的食物，牠覺得自己來到了好地方。
族長抽著菸管，向聚集而來的家人介紹牠。
「據說這是崑崙虎，世間罕見的老虎幼崽，不曉得是真是假。」
「沒聽說過呢。」

「是帕爾瓦蒂女神座騎的老虎嗎？」
「帕爾瓦蒂女神的老虎不是黑的吧？」
牠被放到後院。
「哇，好可愛！」
孩子們立刻想和牠玩耍。
牠全身上下都被撫摸。
飲食與住所方面獲得滿足之後，牠想要被撫摸——想要有人跟牠玩。
牠知道自己不是人類。
也知道這裡只有人類，如果對人類露出獠牙，就會當場遭到撲殺。
但比起這些，牠更強烈地感覺到一股想把人類當成玩具撲倒的衝動。
在這裡，牠被取名爲「凱姆爾」。
凱姆爾，過來。
凱姆爾，坐下。
凱姆爾，把樹枝撿回來。
族長的家人誇牠好聰明，極盡寵愛之能事。
很快地，牠——凱姆爾更深入地理解了人類的語言。

有一次，凱姆爾對族長的兒子說：

「想吃飯。」

少年瞪大了眼睛：

「你說什麼？」

「凱姆爾，想，吃飯。」

少年跳起來，衝回屋裡。

人們鬧哄哄地跑過來，要他說話。

「凱姆爾，說『凱姆爾』。」

「凱姆爾。」

「這邊這個人是誰？」

「蕾米阿姨。」

「天哪，凱姆爾學會說話了！」

凱姆爾暗暗想著，只要學會說話，就能贏得更多的寵愛，加深與人類的感情吧，然而事與願違。

感到開心的只有幾個孩童而已。

「太恐怖了！」

族長的妻子說。

「野獸擁有智慧，這太危險了。」

族長交抱雙臂說。

「身軀也變大了，看到牠跟小孩子玩，實在教人心驚膽顫。」

「我看這得占卜一下。找個人好好問一問吧。」

凱姆爾被送離族長家了。

牠被裝進牢籠裡，放上族長弟弟的貨車。

牠完全不抵抗，依照指示，默默地主動走進籠子。

在驢子牽引下，貨車經過平緩的山丘。

凱姆爾無精打采，垂頭喪氣，耳朵都垂下來了。

「別怨我，凱姆爾。算命的說，把你留在家裡，會帶來災禍。但你下一個去處也很不得了。你接下來要去的地方，應該比這裡好上千百倍。畢竟那裡是世界的中心。」

族長的弟弟說。

進入市場後，每個人的目光都集中在凱姆爾身上。藥草商向族長的弟弟攀談：

「這到底是什麼動物？」

貨車一停，眾人便圍攏上來。

「是前陣子在化外之地抓到的神獸。是蠻族捕獲的，我哥哥買下牠，養在家裡。」

「毛色漆黑，但看上去也像是老虎。」

「不，這是叫崑崙虎的種類。」

「世上真有各種珍禽異獸啊。」

「據說原本是吃人的野獸，在山上把人的頭骨堆成了一座小山。」

「噢，那就是貨真價實的魔獸嘍？」

「雖然還是幼獸。」

「長大後牠會變得危險嗎？」

「凱姆爾、不危險～」

「咦，牠在對這邊說話。」

「其實，牠學會一些人話了。」

「什麼！動物會說人話！」

「很令人驚奇，對吧？我也嚇壞了。」

「有展示怪奇之物的地方，那邊的人應該會想買吧。」

「我不會把牠送去那種地方。」

「那要送去哪裡？」

「送去帝都。家兄跟帝都的官吏提起，馬上就決定進貢給皇帝了。今天要在這裡交給使者。」

2

被交給帝國的士兵以後，凱姆爾更加不安了。

這回牠被放上由褐色馬匹牽引、附有帳篷的大貨車。

也許是上頭指示不能讓貢品死掉，每天都給牠兩頓肉和水。

無聊的時候，牠會對士兵說話。牠覺得似乎和士兵熟稔起來了，但隔著一座牢籠，實在沒把握。

從打開的帳篷看見的戶外景色，從荒野變成了城鎮。

貨車在民宅與商家綿延不斷的馬路上前進。

人類的城鎮充斥著無數奇妙且刺激的氣味。

很快地，凱姆爾被放到地上。
牠從籠子裡被放出來，脖子繫上繩索。
牠慢慢地伸了個懶腰。
聞到泥土的氣味，牠開心起來。
因爲很久沒有用四腳站立了，腳有些顫抖。
環顧四周，這地方相當整潔。
有開著粉紅色和紫色花朵的樹。
一名男子在數人簇擁下現身。
凱姆爾看見抓著自己頸脖繩索的士兵當場跪了下來。
現身的男子穿著耀眼的青色衣服。
凱姆爾會從衣著、氣味，以及周圍的人的態度，來判斷對方的地位。突然現身的男子莫名倨傲，卻又有些異樣感，令人害怕，自己身邊的士兵也極爲惶恐。
牠忍不住發出低吼聲。
結果一旁的士兵小聲勸阻：
「喂，別吼。那位是全世界最偉大的君王。聽好，絕對不能反抗他。要是頂撞他，我跟你馬上都會沒命。你很聰明，對吧？我相信你，克制一下。」

凱姆爾停止低吼。

「噢！啊，就是這個嗎？」

青衣男子滿面笑容。

「朕是皇帝，野獸，你知道皇帝嗎？」

凱姆爾低頭，抬眼看著皇帝：

「我知道，皇帝陛下是全世界最偉大的人。」

「噢！」

皇帝身子一仰，開心地笑了。

「說話了！傳聞是眞的。這是珍寶啊！」

侍從們露出逢迎的笑容。

「你知道自己怎麼會在這裡嗎？」

「不知道。」

「厲害、厲害。」

「你喜歡吃什麼？」

「羊肉。」

「那就只能讓你吃了，對吧？」

皇帝尋求侍從的贊同，侍從說「是，就讓牠吃吧。小的馬上命人準備」，後退一步，小聲指示貌似下人的年輕人。

「不過，這是老虎嗎？看上去不像。」

「據說是棲息在化外高原僻地的崑崙虎。」

凱姆爾旁邊的士兵說。

「哦，噢。」皇帝捻著鬍鬚，探頭看黑獸。

「你叫什麼名字？」

「凱姆爾。」

「跟狗差不多大呢，剛好可以當成拉媞麗的生日禮物。」

凱姆爾被放進巨大建築物裡的一個房間。

除了牆面高處有小小的採光窗以外，什麼都沒有。

其中一面牆嵌著鐵欄杆，完全就是座監牢。

負責照顧牠的女人來了。

「請給我水。」

凱姆爾說，女人仔細地看了看牠，說：

「這下照顧起來輕鬆多了。」

來到皇帝的世界的幾天後。

在帝國諸侯雲集的大廳舉辦的宴會上，凱姆爾脖子繫著繩索被帶過來。

「在座的各位貴賓，今天是拉媞麗公主的慶生宴，趁各位酒酣耳熱之際，容我介紹一下，接下來登場的，是皇帝送給拉媞麗公主的禮物，來自化外之地、蠻族獵人捕獲的崑崙虎！」

聽到主持人的話聲，眾人歡欣鼓譟。

凱姆爾被牽著在席間穿梭。

眾人朝牠遞出肉和果實，但凱姆爾事先被交代不能吃，所以牠沒有接受。

「謝謝，不用了。」

「哇，牠說話了！」

「噢，忘了說，崑崙虎和一般動物不同，會說人話。」主持人說。

「說說你的飼主叫什麼名字。」

喝醉的皇帝的堂兄弟還是兄弟說。

「是皇帝陛下……」

「你的飼主不是皇帝陛下，是三公主拉媞麗，好好記住。」

應該是有人去請三公主來了，一名大約九或十歲的少女出現在凱姆爾面前。

「就是這位，拉媞麗公主。」

少女似乎不良於行，坐在有輪子的椅子上，衣服上鑲綴著無數的寶石。

少女訝異地看著凱姆爾。

牽繩被交到少女手中，席上響起掌聲與喝采。

少女和野獸對望片刻。眾人都安靜下來，注視著這一幕。

「我叫拉媞麗。」

「我叫凱姆爾。」

牠不知道哪裡好笑，但周圍爆出大笑和掌聲。

「你是送給我的生日禮物。你好，凱姆爾。」

「妳好，拉媞麗公主。」

「你真聰明。」

「對。」

「呵呵。」拉媞麗笑了。「感謝你遠道而來，歡迎你。」

「是。」

拉媞麗點點頭，把牽繩交給士兵，接著讓侍女推著輪椅離開了。

宴會再次恢復嘈雜。

「雖然有會模仿人語的鳥，但我第一次看到這種像老虎的生物說話。」

「不，牠不是模仿，而是理解人話，並說出人話，兩者可謂天差地遠。這應該是神界的生物吧。」

展示結束，凱姆爾被士兵帶回設有柵欄的房間。

負責照顧凱姆爾的女人現身，爲牠準備用水、麵粉及肉揉成的糰子。

「宴會怎麼樣？」

女人問。她名叫莎拉，四十四歲，是在宮廷任職了二十五年的下女。因爲她擅長照料家畜，獲得拔擢，是個性情溫和的中年婦人。

「莎拉大人沒有參加嗎？」

「那不是我這種人能踏進去的地方，我也不想去。」莎拉笑道。

「我見到拉媞麗公主了。」

「啊，拉媞麗公主。拉媞麗公主有些神祕。」莎拉謹愼地不再多說。

剛才的宴會熱鬧滾滾，牢籠裡卻是一片冷清。

「我……」凱姆爾說到一半，突然打住。

我……？

那場宴會上，只有自己是四隻腳的野獸。

「怎麼了？」

「只有我是野獸。」

莎拉瞪圓雙眼，意興索然地哼了一聲：

「這有什麼辦法？」

和族長家不同，在皇帝的世界，凱姆爾說愈多話，就引來愈多讚賞。

想聽野獸說話的人，會來到鐵柵欄前。

「喏，凱姆爾，我帶客人來了，說點什麼吧。」

「各位好。」

不過，這也只維持了幾天而已，很快地，造訪牢籠的人一天比一天少了。

吃完晚飯，凱姆爾睡著了。

感覺到有人的氣息，牠睜開眼睛，只見牢籠外有三個女子。

一個是三公主拉媞麗，自從那場宴會以來，這是他們第一次見面。這天她也坐在附輪子的椅子上。

另一個是公主的侍女，大約二十五歲，相貌陰沉。第三個是負責照顧凱姆爾的莎拉。

「把凱姆爾從籠子裡放出來。」拉媞麗命令莎拉。

「呃，可是……」

莎拉不知所措地含糊其詞。

「把牠關在這裡太可憐了。雖然在宴會上是第一次見到牠，但我知道牠很聰明，不會攻擊人。」

「我也這麼認爲，可是……」莎拉說：「凱姆爾的體型太大了。」

「不可以，公主。」侍女說。

「把牠放出來。牠是送給我的禮物吧？凱姆爾很聰明，應該可以在宮殿裡自由行走。」

「要是這麼做，會被牠吃掉的。」

「不會的，對吧？你不會吃人吧？」

拉媞麗看著凱姆爾說。

「我不會吃人。」

侍女短促地尖叫了一聲。

拉媞麗笑容滿面：

「你說這些話，是眞的懂呢。」

「有一些懂，也有一些不懂。」

「太可怕了。」侍女低喃。「只要是逾越分際的東西，不管是人還是野獸，都一樣骯髒。拉媞麗公主，我覺得牠很邪惡。牠太危險了。」

「我不覺得。眞正危險的不是凱姆爾，是人。喏，凱姆爾，我們多說一些話吧。」

「要說什麼好呢？」

「說說你原本居住的化外之地。」

凱姆爾對著籠子外的拉媞麗述說起來。

青色花朵盛開的高原。

一望無際的原野。

漆黑幽深的森林。
潺潺不絕的小溪。
染上夕照的雲朵。
沒有人類。
有蜜蜂、山羊、野豬，還有野外生長的又酸又甜的紅色果實。

少女靜靜聆聽。
然而，凱姆爾不能算是完整地描述了一切。因爲牠腦袋儲存的詞彙太少，又不知道述說的技巧。
對於蜜蜂，牠也只能含糊不清地形容一通。
拉媞麗命令莎拉：
「喏，不是有教小朋友學習用的圖畫卡片嗎？拿那些東西教育凱姆爾吧。教牠各種知識，增加牠的詞彙，讓牠的思考更豐富。」
莎拉茫然張口。
教育籠子裡的野獸？
「怎麼？妳有何不滿？」

「不，公主，小的不敢。」
「妳覺得難以勝任嗎？」
「不。」莎拉頻頻點頭。「反而是這孩子，嗯……牠一定會成長。」
於是，負責照顧凱姆爾的莎拉，著手教育凱姆爾。
她依照拉媞麗提出的方法，拿來圖畫卡，教凱姆爾學習單字。幾天後，她很快地拿了連環畫過來。
「濕婆神很生氣，把那個地方全部破壞了。」
凱姆爾端坐在連環畫前，歪著頭，全神貫注地看著圖片。
數學方面，凱姆爾一竅不通，但還是可以數到二十，至於語言和人類社會相關的知識，則是突飛猛進。
不分晝夜，拉媞麗經常來看凱姆爾。
拉媞麗多半會帶來娃娃或一些小玩意。
她要凱姆爾看看那些東西，說說牠的想法。
這是狼的標誌呢，好美的寶石——只要凱姆爾回答，拉媞麗就會非常開心。
拉媞麗一次又一次央求凱姆爾述說往事。每一次凱姆爾都會回應她的要求。

族長的家。那裡的孩子們。吹拂中庭的夏季的風。

「我拜託父親讓凱姆爾在外面自由走動，可是父親不肯。不過跟妳一起的話，我可以進去裡面吧？」

拉媞麗問莎拉，侍女立刻插話：

「公主，何必進去那種骯髒的地方？而且萬一——我是說萬一，這頭野獸咬了公主，沒有阻止公主的我會被砍頭的。請不要相信會說人話的野獸，聽說這種野獸會吃人啊！牠們會吃人，在巢穴前將人頭堆成一座山。」

「凱姆爾不會吃人。」

「你閉嘴！」侍女大叫。「來自化外之地的魔獸，別妄想欺騙公主！」

「莎拉，哪怕只有一次，凱姆爾咬過妳嗎？」

「沒有，公主。」

「凱姆爾不會咬拉媞麗公主。」凱姆爾接著說。

「看吧。」

「可是公主……」

「我來到這裡，是出於自身的意志，才不是受到欺騙。叫凱姆爾說故事給我聽，也是出於我自身的意志。牠從未提過任何要求，實在令人敬佩。比起那些凡夫俗子，牠高潔多了。我想要和牠單獨說說話。」

莎拉贊成拉媞麗的想法：

「我覺得沒問題。不管是狗還是什麼動物，連一次都沒摸著的話，飼養起來也沒意思了。當然，我會一起進去，好在發生意外時阻止凱姆爾。」

負責照顧凱姆爾的莎拉支持拉媞麗，侍女只得百般不願地退讓了。

拉媞麗進入牢籠裡，天真無邪地笑著，自己移動輪椅靠近，撫摸野獸漆黑的毛皮。

「好蓬鬆。」

拉媞麗撫摸凱姆爾的頭，凱姆爾瞇起眼睛，仰躺在地上。

「你是可以自由自在、以驚人的速度在原野馳騁的野獸。」

拉媞麗陶醉地說。

凱姆爾跟皇帝和數名隨從一起在廣大的庭院裡散步。

凱姆爾脖子上繫著牽繩，兩旁跟著強壯的士兵。莎拉不在附近。

光可鑑人的大理石通道。

漂浮著蓮葉的池塘裡的天鵝。

悠閒午睡的烏龜。

忽地，前方出現一頭極爲高大的野獸。牠的四肢是多麼修長啊！

「那是什麼？」

「長頸鹿。瞧，脖子很長吧？」

長脖子的高大動物吃著高枝上的樹葉。

再過去還有大象。大耳朵、粗壯的腳、長長的鼻子。

「這裡有好多動物。」

「對吧？好玩嗎？」

「好玩。」

「說到動物，動物之間能夠交談嗎？」

「不知道。」

「這裡的動物不像你，都不會說話。你是特別的。」

「謝謝陛下。」

「朕的命令，你都會聽從嗎？」

皇帝笑咪咪地說。

「是。」

「你想見你的母親嗎？」

「呃，是。」

凱姆爾被皇帝帶領著，進入一棟巨大的建築物。陰暗的建築物裡，瀰漫著從未聞過的討厭氣味。

四周排列著許多奇妙的物體。

皇帝一邊走著，一邊淡淡地介紹看到的東西：

「喏，那是我的祖先和馬拉地人交戰時，捕抓到的將軍身上的鎧甲，旁邊是火鳥，取出內臟之後，特別施加了不會腐壞的祕法。火鳥的隔壁是原本棲息在大森林裡的深紅龍。如何？很大吧？也有人說牠是巨龍弗栗多的末代子孫。再裡面的是，據說黃金遍地的東方島國的刀子。」

全是聽過說明仍一頭霧水的東西。

然後，凱姆爾看到了。

通體漆黑的野獸。

凱姆爾的全身逐漸虛脫。

母親。

以前的母親身軀更龐大。

——可是我不確定，因爲我也長大了。

——母親靜止不動，看也不看我。

「你以前棲息的山地附近，傳聞有魔物在村落附近出沒，攻擊人類。據說吃掉超過一百人，小村莊的居民都放棄耕地，逃生去了。那魔物應該非常聰明，怎麼抓都抓不到。所以，我派遣駐紮在那一區的帝國士兵去獵捕。爲了抓一頭野獸，居然出動三百人。而且犧牲好幾名士兵，才終於順利讓牠掉進陷阱，並殺了牠。那到底是怎樣的魔物？結果實際一看，這不是你的同族嗎？那是不是你的母親？像你的母親嗎？不過牠跟被人類養大的你不一樣，似乎不會說話，也只剩下拿來當擺飾的價值了。不管是人還是什麼，都可以靠教育來改變呢。眞是的，好想再來一頭幼獸啊。」

皇帝喜孜孜地說道。

凱姆爾就像失了魂一樣。

被挖掉內臟——經過處理，永不腐敗的母親的……

母親。

身體不再溫暖了，也沒有母親的氣味。

凱姆爾不禁蹲了下去。牠再也無法去看那頭黑獸的臉，猛烈地哆嗦起來。

皇帝的聲音毫不留情地從天而降：

「哈哈哈，你倒是走運，被我們收養。這裡可是全世界最富裕的地方啊。這裡是世界第一。哈哈哈。」

凱姆爾不懂他在說什麼。

什麼吃人的野獸、什麼非殺不可。

牠聽到侍從們的笑聲。

回過神時，凱姆爾發現自己在牢籠裡。

是平常的房間。

採光窗透入微光。

剛才是在做夢嗎？不，不知道。

牠只是靜靜呼吸著。

母親。

牠還記得母親的體溫。

莎拉送食物和水來了。

拉媞麗也一起來了。

拉媞麗跪到凱姆爾面前，輕撫牠的身體。

「對不起，凱姆爾。太殘忍了，眞的太殘忍了。」

拉媞麗在哭。

少女聽說了凱姆爾的遭遇。

拉媞麗在牢籠裡待了一會。當失魂落魄的凱姆爾再次打起盹時，她已離開。

凱姆爾終於醒來時，已是晚上。

月光從採光窗照射下來。

往後自己該怎麼活下去？

吃飽睡，被當成玩物，睡飽吃，被當成玩物，就這樣直到死去。牠已看透一切。

凱姆爾落入深沉的睡夢中。

牠身在夜晚的山裡。

母親出現在夢境，輕聲說著：

重返自由吧！

掙脫束縛，重返自由吧！

3

拉媞麗頻繁地前來。凱姆爾持續接受使用拼圖和玩具學習的教育。凱姆爾漸漸恢復精神。

比起單純地沉浸在無聊當中，學習各種事情有趣多了。

很快地，看見拉媞麗坐輪椅進入牢籠，侍女不再大驚小怪了。

拉媞麗將侍女留在門口，來到凱姆爾身邊，接著靈巧地從輪椅滑下來，依偎在凱姆爾身上。

負責照顧凱姆爾的女人也移動到房間角落。

拉媞麗小聲地對凱姆爾說話。

「我連個朋友都沒有，身邊也沒有能夠互相理解的人。我只是個累贅。要是能成爲政治聯姻的工具還好，卻也沒有這樣的機會。」

「政治聯姻？」

「嗯？啊，這個詞很難呢，下次再教你。其實，我擁有特殊的能力——千里眼。」

「什麼是『千里眼』？」

「身在這裡，卻能看到遠方。」

拉媞麗說出令人費解的事。

「所以我知道，這個國家很糟糕。」

拉媞麗瞄了眼坐在房間角落的那個負責照顧凱姆爾的女人。

女人面無表情，看不出是否聽到拉媞麗剛才的話了。

「很小的時候我就擁有這種能力了。」

拉媞麗第一次發揮千里眼的能力，是在五歲那年。

她坐在皇宮某個房間的椅子上，忽然一陣眩暈。

下一秒，她已身在截然不同的地點。

那是個單調的地方。

一名眼神充滿怨恨的男子被綁起來，正在承受士兵的暴行。

很快地，他被壓制，遭到斬首了。

脖子噴出鮮血。

拉媞麗從迷茫的狀態恢復過來時，人在皇宮的房間裡。清爽的晨風從敞開的窗外吹進來。

她完全不明白發生了什麼事。

那是誰、在哪裡、爲什麼被斬首？她連自己看到的是否爲眞實發生的事都不清楚。

五歲的女孩只覺得自己突然目睹可怕的場景。

後來，她會定期看見相同的白日夢。

有一次她在用早餐的時候，告訴眾人她看到大地震的情景。

「妳又做怪夢了？是怎樣的地震？」

「火山爆發了，然後發生了大火災。」

兩天後的下午，傳令兵快馬抵達，通知帝國西部的都市發生大地震，火山爆發。

從此以後，拉媞麗的白日夢便受到眾人矚目。

拉媞麗看到洪水，就會查到某處發生洪水，看到叛亂的景象，就會發現某地發生叛變。

不是單純的夢境，也不是預言。

是忽然看見當下發生在遠方的事。

人們都說，拉媞麗繼承了統治世界的皇帝血統，才會擁有知曉遠方狀況的能力。人們也說，她的雙腳不良於行，就是擁有這種能力的代價。

拉媞麗看到的景象，幾乎都是「災害」、「戰爭」，或是「某人遭到處刑」。

拉媞麗放低音量，對凱姆爾說：

「成千上萬、數十萬、數百萬的人民，遭到父王的軍隊攻打，被活活燒死。我不想看，卻仍會看見。我看到有人被砍頭，還看到燃燒的城鎮和屍山。」

凱姆爾依然不是很明白少女在說什麼，但知道她看見討厭的東西。

「如果不去看呢？」

「我無法控制自己『不看』。不知不覺間，我就站在現場了。我覺得是神在對我說：看啊，現在發生了這樣的事，所以妳要好好瞧個仔細。」

「皇帝陛下是偉人。」

聽到凱姆爾的話，拉媞麗頓時沉默，搖了搖頭：

「偉人？哼，確實如此，他站在斂財制度的最頂端嘛。我什麼都辦不到。就算看到陷入火海的城鎮、遠方即將被處刑的孩童……」

拉媞麗低喃：

「我這輩子不是待在皇宮什麼也不做，看著斬首、火刑、哭喊的孩童的幻影死去，就是哪天被攻入王都的暴徒凌辱殺害。」

說到這裡，她嘆了一口氣，用雙手爬過地板，坐回輪椅上。

侍女走了過來。

「我還會再來，凱姆爾。」

孤獨的公主，讓會說話的野獸陪她消愁解悶。

在旁人眼中，想必是這個樣子吧。

兩人相處的時光並未受到打擾。

拉媞麗騎到凱姆爾背上，凱姆爾便在牢籠裡來回走動。

這段期間，凱姆爾長得更大了。

一天，拉媞麗悄聲對凱姆爾說。

「你想離開這裡嗎？」

凱姆爾坐起來，望向拉媞麗。

爲什麼問這種問題？

拉媞麗的表情是認眞的。

拉媞麗十二歲了。

凱姆爾想了想。

——我真的想出去嗎？

牠放棄一切，在這裡實在待得太久了。

原本牠的生命就沒有自由選擇的餘地。

牠沒有想去的地方，也不知道如今還有沒有能力在原野狩獵。

「給你三天考慮，你的決定只能告訴我。如果你想要離開，我會跟你一起走。」

被切割出來的採光窗。嵌著柵欄的牆壁。那個可怕的房間裡的母親。頻繁地出現的夢。

母親——要牠重新取回自由的夢。

三天後，凱姆爾小聲地把自己的決定告訴拉媞麗。

「如果能夠離開，我想要去可以自由奔跑的地方。」

「好。」

4

那並非絕對不會實行的空想。

滿月之夜。

走廊角落傳來喀啦喀啦的聲響。是拉媞麗的輪椅聲。

這天晚上，拉媞麗身邊沒有負責照顧凱姆爾的女人陪同，也不見侍女的蹤影。

拉媞麗用頭巾包住臉，腰間插著短劍。

她帶著鑰匙串。

用鑰匙開了鎖，進入牢籠。

「凱姆爾。」

凱姆爾靜靜注視著拉媞麗。

「這天晚上，我等了好久。」

「公主。」

「今晚就行動。我們要離開這裡，得到自由。」

拉媞麗滑下輪椅，像平常那樣依偎在凱姆爾身上，順暢地爬上牠的背。

在牠的頸間繫上轡繩。

拉媞麗緊緊摟住凱姆爾的脖子：

「即使坐在這裡等待，也只是不斷虛度時間。與其繼續那樣過完這輩子，我情願一死。」

通道前方，兩名衛兵睡得像死了一樣。

迅速經過兩人前面後，拉媞麗小聲說：

「我給他們喝下摻了安眠藥的酒。還有，我讓莎拉休假，以免他們把責任推到她的身上。」

凱姆爾走下階梯，從拱形出口跑到外面。

夜晚的風籠罩著人與野獸。

外面的世界。

自由。

「照我說的路線走，就能離開。」

凱姆爾跳上屋頂，再跳到下一個屋頂。拉媞麗在牠背上逐一指示。

「被抓到就會受罰，你可能會被殺掉。可是，只要成功逃走，我們就自由了。

好，從這邊下去地上。啊，是那邊。」

拉媞麗指著一道開著的小通行門，應該是預先拔掉門閂打開了。

「一口氣衝出去吧！」

鎮上正為了三年一度的祭典而陷入歡騰。

鼓聲與笛聲響遍各處。

數千個燈籠並排在一起，到處都是攤販。

戴著大象、獅子、怪物面具的人們在廣場跳舞。

真正的大象也穿金戴銀，載著騎象人在街上遊行。

騎象人們坐在大象身上，撒出紙花。

凱姆爾載著拉媞麗，一路奔過城鎮。

手持火把走在路上的鎮民，都嚇得跌坐在地。

每一座寺院都焚起薰香，氣味瀰漫至道路。

看見騎乘黑虎的少女，群眾驚呼連連。

人群一分為二，讓凱姆爾和拉媞麗通過。

有人誤以爲這是祭典的表演，大聲喝采。

太爽快了。

拉媞麗在凱姆爾背上大笑。

凱姆爾依照拉媞麗的指示行動，從有著巨大圓頂的建築物，跳到隔著一條路的對面屋頂上。凱姆爾可以憑牠的利爪和強大的前腳力量，輕易攀上有人類兩倍高的圍牆。

拉媞麗滑下凱姆爾的背，趴在屋頂上，目不轉睛地看著馬路對面的圓頂大屋入口。

圓頂建築物裡，傳出鼓聲和管樂聲交織而成的壯麗音樂。

約莫是在舉辦慶祝會、音樂會，或類似戲劇的表演。

沒多久，演奏結束，人們鬧哄哄地走出建築物。

每個人都盛裝打扮。女人珠光寶氣，男人也一身光鮮亮麗。凱姆爾的嗅覺極爲敏銳，從屋頂上也能聞到香水的氣味。

拉媞麗的視線集中在一處。

那是一名穿著耀眼白衣的年輕人。

大約十六、七歲，是有時會進出宮廷的貴族公子。

年紀介於少年與青年之間的男子笑容滿面，和身旁年紀相仿的年輕女子交談。胸前和手腕上佩戴著寶石。

他活潑開朗，自信十足。

年輕女子面露純真靦腆的笑容，回應著他。

接著，眾人魚貫地離開建築物前面了。

拉媞麗坐在凱姆爾的背上，默默目送他們的背影。

「那個人是誰？」凱姆爾問。

「他是……」

拉媞麗邊想邊說。

「如果可以跟這樣的男子相戀，一起去好多地方、互相邀約往來，每天不曉得會有多麼快樂，我……」

拉媞麗沒再說下去。

凱姆爾趴著，等待下文。

「這只是我的幻想。明明不可能，我的腦袋卻總是不由自主地幻想著這些事來安慰自己。我再也不會回來了，所以想跟他道別。」

拉媞麗突然哭了出來。

「很好笑呢。任意愛上對方，又任意心碎。可以了，我看開了。我們出發吧。」

「可是，如果他對妳很重要，不用跟他說聲再見嗎？」

兩人躲在這裡時，對方已離去。

「道別完了。他根本不認識我，心裡完全沒有我。我已在內心向他道別，所以這樣就好，很奇怪嗎？」

「不，一點都不會。」

凱姆爾再次邁步奔馳，景色逐漸流動起來。

跑出城鎮之後，所有的喧囂都消失了。

後來，凱姆爾問：

「拉媞麗公主為什麼想離開宮殿？」

對此，拉媞麗的回答是「我看見叛亂的烽火」。

「被侵略、併呑的國家不願意納稅給帝國，已出現一支大規模的叛軍。這個國家很快就要滅亡了。父皇和皇兄什麼都看不見，就算把我看到的告訴他們，他們也聽不進去。他們說，到處都有人叛變，就算看到，也不代表什麼，畢竟帝國版圖這麼大，難免會有一點叛亂，還叫我不要烏鴉嘴，對我的話置之不理。我說得愈多，只會愈被疏遠而已。」

5

會說話的野獸和少女的旅程持續了兩年。

然後，凱姆爾和拉媞麗找到一座城堡。是海角附近的森林裡的石造古城。

那是個陰天。

城門沒有士兵守衛。

石牆上爬滿綠藤。

進入古城後，在水井附近遇到一個以布蒙頭的女人。女人提著裝了水的水桶。一看到凱姆爾，女人嚇得手中的水桶都掉了。

「等一下，我們不是什麼可疑的人。」

拉媞麗連忙叫住要逃走的女人。

女人暫時停步，提心吊膽地說：

「那頭野獸不危險嗎？妳到底是誰？」

「我叫拉媞麗，牠叫凱姆爾。」

拉媞麗不斷強調「沒事的」。

「這是什麼地方？城主呢？」

「沒有城主。這是二十年前慘遭帝國蹂躪，化成廢墟的城堡。」

「那妳是誰？」

「我是逃亡的奴隸。」

「逃亡……那麼，妳是逃到這裡，自行住下來的嗎？」

拉媞麗問，女人點點頭。

「這次換我問妳了。拉媞麗，妳是誰？然後，呃……那是老虎嗎？」

「我叫凱姆爾。」

「牠說話了？」

「我們也是從帝都逃到這裡來的。」

「咦？等一下，老虎說話了？」

「我會說話。我叫凱姆爾。」

女人聽得目瞪口呆，接著笑了出來。

「第一次看到這種老虎。凱姆爾，這個名字美得讓人不禁顫抖。你們住下來吧。」女人說。「我帶你們認識大家。」

城裡住著十幾名女子。

她們各自都有某些苦衷，逃亡到這裡。

她們在城裡的土地耕種，自給自足。

拉媞麗原本只打算待幾天，但也許是放鬆下來的緣故，她發起高燒，又因連日大雨，遲遲未能出發。不知不覺間，幾個星期過去，拉媞麗的身體復原後，仍留下來幫忙種田，很快就進入下一個季節了。

位在海角附近的古城待起來太舒服了。

一個風大的日子，一名男子闖入古城。

男子身高超過兩公尺，身材魁梧。左眼是藍色的，右眼一片白濁。有一些頭髮，但十分稀疏，臉上布滿傷疤。

男子嘴角流涎，穿著老舊的皮鎧，腰間掛著生鏽的劍，渾身上下散發出失控的暴力與瘋狂的氣息。

「我要吃女人！」

男子穿過大門後的廣場大吼著。

當時廣場剛好有幾名女子。

男子眼珠骨碌碌地轉動，在物色女人，接著跑向一名僵在原地的女子，抓住她的雙肩抬起來。

女子尖叫，懸在半空中的腳不停踢蹬著。男子右手掐住女子的脖子，當場咬住頸脖，開始吸血。

廣場上的女子們都愣住了，但隔了一拍呼吸之後，就紛紛尖叫，爭相逃向城裡。

古城裡一陣騷動。

眾人抓起鐵鍬、棍棒、銅劍和弓箭等等，跑去廣場查看情況。

「就算找到人，也要立刻逃走！」

資深居民的女子下令。

眾人提心吊膽地前去一看，廣場上只留下血跡，不見半個人影。

那名男子抓走獵物撤退了。

「食人魔又出現了。」

資深居民的女子癱坐在地。

「又……？」拉媞麗問。

「這是他第四次出現了。」

那個人——食人魔第一次出現的夏天，這座古城裡還有幾名男子。男子拔劍對抗食人魔，但很快就全軍覆沒，當場被殺光了。

食人魔沒什麼智力，卻力大無窮，其中一名男子被他徒手扯斷脖子。

食人魔殺光全部的男性後，闖入城裡，抓住相中的女子，扛上肩膀走出大門。

被抓走的女子再也沒回來。

後來好一段時間，食人魔沒再出現。

應該不會發生第二次襲擊了吧？當眾人開始這麼想的時候，食人魔又現身了。

和第一次一樣，他闖進城裡，抓走相中的女子。

第二次連拔劍的人都沒有，已沒有人能夠抵抗。

雖然有人跟上去，卻追丟了。聽說，食人魔消失在海角的原野上。

第三次也是一樣。

無處可去的女子們，沒有放棄好不容易才得到的古城生活。

食人魔出現的話，只能逃跑。食人魔只要抓走一個人，就會離開，然後好一陣子都不會再來襲擊。女子們把食人魔的侵襲當成被毒蛇咬或被老虎攻擊，是命中劫數。

拉媞麗聽完來龍去脈後，對眾人說：

「我去除掉他。」

「別傻了，妳會被殺的。」

拉媞麗喚來凱姆爾，騎上牠的背。

「凱姆爾，你可以追蹤他的氣味嗎？」

「可以。」

當時已是傍晚。

「很快就要天黑了。」有人擔心地說。

「只要有月光凱姆爾就看得見，沒問題。」

凱姆爾奔出城外。

夕陽西沉後，海角的草原在風的吹襲下，發出轟轟聲響。

拉媞麗心想，食人魔原本是士兵，看他的打扮就知道了。他應該不是從一開始就是食人魔。那麼，他的出現，就是二十年前侵略這一帶、讓那座城堡淪爲廢墟的自己的父親留下的業障。

總而言之，廢墟的女子們已放棄抵抗，她只能挺身而出。

凱姆爾循著氣味不斷前進。

很快地，在原野上一棵樹影黝黑、枝葉繁茂的大菩提樹旁，發現一幢半傾頹的小屋。

凱姆爾在不遠處停下腳步。

「拉媞麗公主，就是那裡。」

拉媞麗小聲說「我去看看情況」，滑下凱姆爾的背，匍匐前進。拉媞麗日常都使用雙臂替代無法行走的雙腳，匍匐前進一點都不困難。

拉媞麗窺看小屋裡面，發現地上散落著人骨。堆積在角落的頭蓋骨，目測至少有數十顆，不光是城堡，食人魔一定還遠征其他城鎮攻擊人類。今天剛遇害的女子身體被折斷，變成奇怪的形狀，丟在籠子裡。應該是要留著晚點繼續吃吧。

食人魔躺在稻草床上，鼾聲大作，睡得正熟。

拉媞麗拔出從皇宮帶出來的短劍，爬上床鋪。

稻草磨擦聲。地板傾軋聲。體重連成年男子一半都不到的拉媞麗悄然無聲地行動，但怪物可能是察覺屋內微妙的動靜，睡眼惺忪地猛然坐起，發出低吼。

拉媞麗認爲這是個大好機會，沒有半分猶疑，持短劍朝食人魔的胸口一捅。

以女性而言，拉媞麗擁有驚人的臂力，短劍深深地沒入食人魔的胸口。

食人魔跳了起來。

他大手一揮，把嬌小的拉媞麗打飛，鬼吼鬼叫著踹開門衝了出去。

拉媞麗爬到外面，凱姆爾靠了過來。拉媞麗騎上牠的背。

只見食人魔像稻草人一樣杵在原野中，短劍依然插在胸口上。

食人魔緩緩地環顧四下。

他看見凱姆爾和牠背上的拉媞麗，低聲問：

「你是誰？」

拉媞麗和凱姆爾都沒有應聲。

拉媞麗悄悄指示凱姆爾，食人魔一靠近就逃走。

食人魔仰望天空，月光傾瀉大地。接著，他喃喃自語：

「我是誰？」

片刻後，食人魔倒在地上，就此停止了呼吸。

拉媞麗從小屋旁邊拿來斧頭，砍斷倒地的男人首級。

拉媞麗撿起首級，對十分擔憂的凱姆爾說：

「和我一直以來透過千里眼看到的成千上萬的悲慘死亡相比，這一點都不算什麼。」

霧氣迷濛的黎明時分，拉媞麗騎在凱姆爾背上，回到了古城。

眾人圍繞著凱姆爾和拉媞麗。

看到她手中的食人魔的首級，眾人頓時沉默。

「從此以後應該就能放心了。」拉媞麗說。

一名女子顫聲問道：

「這個魔鬼的首級，該怎麼處理？」

拉媞麗搖搖頭：

「他不是魔鬼。雖然他吃人，但其實只是個發瘋的可憐人。我想把他的頭顱埋在離城堡有一段距離的原野。」

一連串的風波平息，過了幾天後，有人說應該要決定一個「這裡的主人」。

「大家齊聚一堂，舉手選出適合擔任主人的人吧。」

也許她們早就說好了。包括資深居民的女子在內，所有人都選擇拉媞麗擔任城主。

6

這是個安靜的午後。

古城中庭有貓在午睡。

坐在蔭涼處搖椅上的拉媞麗喚來凱姆爾，把手搭到牠的背上。

拉媞麗很害怕。

她的手在發抖，額頭布滿汗珠，眼睛顯然不是看著這裡的景色。

「凱姆爾，陪著我。我好怕，我害怕極了。」

「好的。」

凱姆爾依偎在拉媞麗的身邊。

忽地，拉媞麗的手傳來了一幕景象。

凱姆爾閉上眼睛。

下一秒，牠就躍到拉媞麗看見的地方了。

凱姆爾身在宮殿前的廣場上。

那是很久以前他們逃離的帝都。

大批民眾聚集在柵欄外。

民眾似乎看不見凱姆爾，沒有人留意這頭大野獸。

皇帝從柵欄裡面被拖了出來。

皇帝的表情僵硬，太陽穴浮現青筋。

在他身後，並排著受縛且脖子套上枷鎖的第一王子及十幾名皇族。王子鼻青臉腫，想必是挨打了。

全是凱姆爾認識的面孔。

叛軍的聲勢不斷壯大，終於攻陷帝都了。

咒罵聲此起彼落。

凱姆爾在近旁找到了拉媞麗。拉媞麗坐在地上。她輕巧地爬上凱姆爾的背。

很快地，皇帝被拖上台，綁在木樁上。

樁下堆著木柴。

忽然間，皇帝的視線停留在凱姆爾和拉媞麗身上。

當然，周圍沒有人看得見他們，皇帝應該也看不見，然而皇帝卻目不轉睛地注視著拉媞麗，幾不可見地笑了。

——這樣啊，你們還活在某處啊。好好地活下去吧！

凱姆爾覺得皇帝正在對他們這麼說。

火焰升起。

黑煙、灼熱，蔓延的烈火。

一切結束之後，世界又回來了。

積雨雲遮蔽太陽，天色變得昏暗。近處的樹梢上有小鳥啁啾，蜜蜂盤旋離去。

拉媞麗的搖椅發出吱呀聲響。

凱姆爾仰頭望去，拉媞麗的眼眶浮現淚水。

「我也看到了。」

凱姆爾小聲說。當然，不必訴諸言語，她也明瞭。兩人經歷了相同的體驗。

「謝謝你，凱姆爾。謝謝你陪著我。」

後來晚了十天左右，女子們從騎馬約需一天距離的市場帶回消息。

叛軍贏得勝利，帝都被數十萬大軍包圍，皇帝及其族人全被處以火刑。聽說整個市場都在議論這件事。

拉媞麗靜靜聆聽這個消息。

歲月繼續流逝。

凱姆爾和拉媞麗的友誼始終不曾改變。

某個夏季的拂曉時分，凱姆爾醒來了。

自從年老體衰以後，比起四處奔馳，沉睡的時間更長，牠多半會安穩地待在一處，但這天早晨不一樣。

牠感到生機勃勃。

走出建築物外面，周遭一片寂靜。

有人騎上了牠的背。

凱姆爾立刻想起牠最懷念的人。

在久遠的往昔，因熱病而離去的那個重要的人。總是與自己形影不離的人。那個人離去之後，依然是人們談論的對象，是如今已增加到上百名的城中居民們崇敬爲「偉大女神」的人。

——凱姆爾。

——拉媞麗公主。

她似乎從某處歸來了，變得比以前更加輕盈。

——好了，我們出發吧。

懷念的聲音，讓凱姆爾心頭一陣雀躍。

一陣風從道路前方吹來。

凱姆爾開心地蹬地奔馳，速度快得難以置信。不久後，凱姆爾和拉媞麗化成了一陣透明的風。

E FICTION 61／無貌之神

原著書名／無貌の神
原出版者／KADOKAWA
作　　者／恒川光太郎
翻　　譯／王華懋
責任編輯／陳盈竹
國際版權／吳玲緯、楊靜
行銷業務／徐慧芬、李再星、李振東、林佩瑜
編輯總監／劉麗真
事業群總經理／謝至平
發 行 人／何飛鵬
出　　版／獨步文化
115 台北市南港區昆陽街 16 號 4 樓
電話：886-2-25000888　傳真：886-2-2500-1951
發　　行：英屬蓋曼群島商家庭傳媒股份有限公司城邦分公司
115 台北市南港區昆陽街 16 號 8 樓
客服專線：02-25007718；25007719
24 小時傳真專線：02-25001990；25001991
服務時間：週一至週五上午 09:30-12:00；下午 13:30-17:00
劃撥帳號：19863813 戶名：書虫股份有限公司
讀者服務信箱：service@readingclub.com.tw
城邦網址：http://www.cite.com.tw
香港發行所：城邦（香港）出版集團有限公司
香港九龍土瓜灣土瓜灣道 86 號順聯工業大廈 6 樓 A 室
電話：852-25086231　傳真：852-25789337
電子信箱：hkcite@biznetvigator.com
馬新發行所／城邦（馬新）出版集團
Cite（M）Sdn. Bhd.（458372U）
41, Jalan Radin Anum, Bandar Baru Seri Petaling,
57000 Kuala Lumpur, Malaysia.
電話：+6(03)-90563833　傳真：+6(03)-90576622
電子信箱：services@cite.my
封面繪圖／山米 Sammixyz
封面設計／高偉哲
排　　版／游淑萍
印　　刷／中原造像股份有限公司
● 2024 年 11 月初版
售價 360 元

ISBN 9786267415825（平裝）
ISBN 9786267415801（EPUB）

國家圖書館出版品預行編目資料

無貌之神／恒川光太郎著；王華懋譯．–初版．–
台北市：獨步文化，城邦文化出版：家庭傳媒城邦分公司發行，2024.11
面；公分. --（E FICTION；61）
譯自：無貌の神
ISBN 9786267415825（平裝）
ISBN 9786267415801（EPUB）
861.57　　113006909